俺をこんなに好きにさせて、どうしたいわけ？

acomaru

STARTS
スターツ出版株式会社

カバー・本文イラスト／加糖

あたしは女子校に通う、彼氏いない歴＝年齢（れきイコールねんれい）の高校生。
そんなあたしの前に現れたのは、ずっとあたしを好きだったっていう学園のアイドル、白王子!?

「俺と付き合お。美夜（みや）ちゃんは、初恋の子なんだ」
恋とは無縁だったあたしに突然舞（ま）いおりた、恋する時間。

……なんて、そんな乙女（おとめ）なあたしじゃないし！
「お前を好きになる男なんて、この世にいるわけねーだろ？」
気づけば横からいろいろと邪魔（じゃま）をしてくる、超イジワル黒王子。

「俺を好きになれよ」
これはただの嫌がらせなのか、逆ハーなのか。
それとも……。

俺をこんなに好きにさせて、
どうしたいわけ？

登場人物紹介

犬猿の仲

高２。中学の頃から陸上一筋。ボーイッシュな見た目で、後輩女子にモテモテ。男性恐怖症なのに、突然学校が共学になってしまい…!?

しらとり　み　や
白鳥美夜

姉妹

同一人物

美夜の妹。中３。見た目も性格も美夜とは正反対で、ピュアな美少女。美夜の変装に協力する。

変装後の美夜。矢野のコンテスト出場を阻止するため、別人として近づくけど…？

しらとり　み　こと
白鳥美琴

エリカ

黒王子

共学になり、美夜の後ろの席に。黒髪でイケメンなことから、「黒王子」と呼ばれている。元ヤンで俺様だが、家族の話に弱かったり人情家な一面も。

矢野翔太（やのしょうた）

美夜の親友。女の子らしい見た目に反して、意外と度胸がある。共学後、早速彼氏を作るが、つねに美夜の味方。

林心愛（はやしここあ）

白王子

矢野の友人で、美夜たちと同じクラス。見た目とキャラから「白王子」と呼ばれている。美夜が子どもの頃の初恋の相手だとわかり、猛アプローチ。

寿すばる（ことぶき）

☆ contents

第３章　はじめての彼氏は、〇王子

第４章　自分の気持ちに正直に生きたい

第1章
男子校と統合(とうごう)なんて、アリ!?

Wイケメンが学園にやってきた！

雨が降り続く、梅雨の季節。
6月に入ったばかりの今日、久しぶりに太陽を見た気がする。
家を出るときに見たテレビの星占いで、あたしの今日の運勢は最高って言ってた。
電車の乗り継ぎもよかったし、なんだか今日はいい日になりそう！
電車通学をしているあたしは、最寄り駅に着くと、ご機嫌で学校へと向かっていた。
「美夜せんぱ〜い、おはようございます！」
「おはよ」
うしろから追いついてきたのは、同じ陸上部の後輩マネージャー、田中まきちゃん。
セミロングの髪を揺らし、キュートな笑顔であたしの隣に並んで歩く。
部活のムードメーカー的存在で、一緒にいるとこっちも元気をもらえる。
校門まで一緒に歩いていると、また別の後輩女子が続々とやってきて、両脇から強引に腕を組まれてしまった。
えっ!?
「おはようございます！　今日はあたしと一緒に学校に行きませんか？」

「ダメ、今日はあたしと一緒に行くんだから」
　わっ。
　うしろから、下級生……１年生の女の子たちが押しよせてくる。
「ちょっ、みんな押さないで!?」
「は～い」
　あたし……白鳥(しらとり)美夜は、毎日こんな風に、後輩たちに囲まれながら登校しています。
　創立(そうりつ)120年という伝統と歴史を誇(ほこ)る、中高一貫(いっかん)の……いわゆるお嬢(じょう)様学校、苺(いちご)女子学園に通う２年生。
　女子校だから、当然男子はいない。
　そうなると、同じ女子の中でも“恋愛対象の女子”というものができるようで……。
　学校に到着(とうちゃく)するなり、ひとりの女の子に体育館裏に呼び出された。
「白鳥先輩、好きです！　付き合ってください!!」
　ええっ。
　女同士だよ!?
　付き合うとか、ありえないから……。
　だけど、これがはじめてじゃない。
　どうもあたしは、女子から男として好かれる見た目をしているらしい。
　中等部の頃からこれまで、陸上一筋(ひとすじ)でやってきたあたしは、168cmの身長に、筋肉(きんにく)のついた体、ショートカット。
　スカートをはいていても違和感(いわかん)しかない。

「ごめん、そういうつもりないから」
　やんわり断ると、泣き顔で去っていく女の子。
　それを引きとめることもできず、黙って見送る。
　普通に男の子からモテそうな容姿なのに、どうしてあたしなのか。
　……じつを言うと、生まれてから一度も男の子を好きになったことがない。
　かといって、あたしの気持ちが女子に向かうわけもなく、必然と彼氏いない歴＝年齢になってしまっている。
　教室に戻ると、ウチのクラスの前にまた別の後輩たちが群がっていた。
「昨日、家でクッキー焼いたんです。美夜先輩に食べてほしくて。受け取ってください！」
「あ、どーも」
　かわいい後輩たちの好意をムゲにすることもできず、とりあえず受け取る。
「きゃ～っ、受け取ってもらえた！　それに、手が触れちゃった！　この手、もう洗えないよっ」
　まるで、アイドルのような扱い。
　うれしいような、このままでいいのか悩むような、ちょっと不思議な気分。
「美夜先輩がいれば、明日もがんばれる～！」
　だけどまぁ……イヤな気持ちはしない。
　頼られるって、なんかいいよね。
　ってことで、女でありながら、学園の王子やってます。

　そんな平和な毎日を送っていたあたしに突きつけられた、衝撃（しょうげき）の事実。
「本校は、来月から共学になります」
　え。
　えええええええぇ――――っ!?
　放課後に開かれた全校集会で、学園長から明かされたのは驚きの真実だった。
　もう、学校中、大騒（さわ）ぎ！
「共学って、男がこの学校に来るってことだよね!?　ありえな～い!!」
「やった!!　女ばっかりでウンザリしてたの」
「どうしよ～、今からメイクの練習しなくっちゃ」
　みんな、思うことはそれぞれ。
　かくいう、あたしは……。
「心愛（ここあ）、どうしよう……男が来る」
　クラスで一番仲よしの、林（はやし）心愛にボソッとつぶやく。
「大丈夫だよ～。美夜ちゃん、かわいいから。モテモテ！」
　モテモテって!!
　そういう意味じゃなくて、あたしは……。
　こんなナリをしているくせに、じつは男にまったく免疫（めんえき）がなかったりする。
　イトコも、近所に住む子も、みんな女。
　ずっと女子校通いで、今まで周りにいたのは女ばかりだった。
　情けないことに、男性恐怖症（きょうふしょう）なのだ。

「こっ、怖い……。部活はもちろん、学校にも来られなくなる」
　共学になるってことは、これから一緒に生活するってことだもんね。
　想像しただけで、気絶しそうだよ。
「え〜、大げさ〜。怖くないってば！　男の子、カッコいいよ。今からドキドキしちゃう！」
　肩までのセミロングを揺らし、ふんわりと笑う。
　女の子らしい見た目に反して、意外と度胸のある心愛。
　リアル彼氏はいないものの、ケータイ小説を読んで女心に磨きをかけ、恋する気は満々らしい。
　あたしは心愛とはちがう意味で、ドキドキだよ。
　それにしても、いきなり共学になるなんて、ありえなーい!!
　なんでも、学園長の親戚が経営している男子校との経営統合なんだとか。
　少子化の影響で、この数年で生徒数が激減し、空き教室があるのもたしか。
　だけど、よりによって、年度の途中でそんなのアリ!?
　この先、不安しかないよ！

　ビクビクしたまま月日は過ぎ……。
　とうとう、明日から男がこの学園に乗りこんでくる。
「美夜先輩！　絶対、ずっと大好きです！　男が来ても、負けないでください」

「あたしも美夜先輩のこと、これからも追いかけていいですか？　今までどおりの関係でいてください」
「ん……ありがと」
　部活の帰り、後輩女子に囲まれたハーレム状態で駅に向かいながら、軽くうなずく。
　余裕？
　とんでもない!!
　男が来る、男が来る……。
　どうしたらいいの!?
　後輩ちゃん、誰か守って!!
　そう言いたいけど、情けなくて言えるわけない。
　じつは今日、こっそり休部届を出した。
　男に慣れるまで、しばらく部活には集中できなそうだから……。
　みんなにいつ切りだそうか悩むよ。
「男なんて……ねーっ！　美夜先輩がいれば、あたしたち幸せ」
「ホント、ホント。男より男らしいし、なにより美しいもん。あたしたちの理想だよね」
　みんな、ありがとう。
　だけどあたしは、そんなこと言ってもらえるほど立派な人間じゃないの。
　今まで、女子校だからやってこられた。
　それが共学となると……話は別。
　男より男らしいわけないし、なにより男の実態を知らないんだから。
　あたし、明日から……どうなるんでしょう。
「さよなら～。また明日、一緒に帰りましょうね！」
　後輩たちに見送られ、電車に乗った。
　この光景は、もう最後かもしれない。
　明日からあたしはきっと、男にビビリながら過ごすことになる。

最悪な出会い

次の日の朝。

いつものように準備をし、制服を着て家を出る。

乗り換えも合わせて、通学時間は電車で約30分だ。

いつもはウチの学園の女子生徒であふれている車両に、今日は男子生徒がたくさん乗っている。

うっ……受けつけない。

少しでも男たちから逃れようと車両の一番奥を見ると、座席と座席の間にある通路に、ポッカリと空間が空いている。

あそこに避難しよう！

混雑してるのにヘンだな……と思いながら足を進め、座席の前に立った。

うわ、しまった。

目の前には、ウチの学校の制服を着た男子生徒が席を陣取っていた。

男子の制服採寸のときに見たのと同じデザインだから、そのはず。

５人が座れる座席で３人が大股を広げ、うつむきながらスマホをさわっている。

ひとりは黒髪だけど、残るふたりは明るめの茶髪。

全員制服を着くずしていて、男の中でもとくに近寄りたくない部類。

その足もとには大きなボストンバッグが置かれていて、足の踏み場もない。

これは誰も近寄らないはずだ……。

それにしても、マナー悪いな。

イラッとするけど、男相手にあたしがなにか言えるわけもない。

もとの位置に戻ろうにも、人が押しよせてきてそれどころじゃない。

入り口付近が混雑(こんざつ)しているせいで、状況(じょうきょう)がまったく見えなかった。

あきらめるか……。

学校の最寄り駅まで、あと１駅。

もうすぐだよ。

我慢(がまん)するしかない……。

それに、学校に着いたら、男がもっといっぱいいるんだよね。

想像できないな。

不安すぎる……。

いろんなことを考えていると、なんだか気分が悪くなってきた。

普段、体調が悪くなることなんて、めったにないのに。

いきなり共学になるっていう現実を突きつけられて、その気分的なもの？

うん……きっと、気のせい。

しっかりしなきゃ。

つり革をグッとつかむけど、だんだん辛くなってきた。
座りたいな……。
ちょっと詰めれば、余裕であとふたりが座れる席を目の前に、一言言うか迷う。
言いたいけど、言えない。
「…………」
迷っている間に、一瞬目の前が暗くなった。
……あれっ。
パチッと目を開けると、目の前に誰かがいる。
しかも、極上の……イケメン？
サラサラの黒髪に、一度見たら忘れないような、印象的な瞳。
ジッとあたしの顔をのぞきこんでいる。
え……なに、これ。
なにが起きたの？
やっと我に返り、ガバッと起きあがる。
どうやら、前の座席に座っていた男の子の膝に倒れこんでいたみたい……。
もしかして、目まいで倒れた!?
「すっ……すみません!!」
あわてて立ちあがろうとするけど、よろける。
もう一度、男の子に支えてもらってしまった。
「大丈夫か～？」
ヘラヘラ笑いながら、黒髪男子があたしの背中をポンポンとたたいてくる。

倒れたことを心配するどころか、あたしがマヌケすぎて、もう笑うしかないってやつ？

うわ〜、やっちゃった！

「は、はい、もう平気です」

「今度はもっと、ウマい方法で来いよ」

キョトンとしていると、黒髪男子が隣に座る茶髪男子と笑い合っている。

「大胆な女だな、こうまでして俺に抱きつきたいなんて」

……はいっ？

なんの話!?

呆然としている間に駅に到着し、男の子たちは電車をおりていった。

ちょっ……ちょっと待てーい!!

しばらく呆然としたあと、あわててホームに飛びでる。

わざと倒れたわけじゃないんだけど！

弁解させて！

今は男嫌いなんて言ってられない。

人をかきわけ、急いであとを追いかける。

目印は、黒髪ひとりと茶髪ふたりの３人組。

そして大きなボストンバッグ！

改札を出たあと、通学路を必死で駆けぬけた。

見つけたーっ!!

やっとのことで、それらしい３人を見つける。

黒髪の男の子を追いこし、前に立った。

「ちょっと待って！」

かなり整った顔立ちをしたイケメンは、あたしを見てハッとした表情をする。

やっぱり……この男の子でまちがいない。

身長も高くて、細身なのになんだかガッチリしていて、男の子、そのもの。

うっ……わ。

男ーっ！

わかってはいたけど、条件反射なのか体が固まってしまう。

それでもなんとか、声をしぼりだす。

「あの……さっきは……」

ここはまず、お礼を言うべき？

ううん、誤解を解く方が先だよね。

迷っていると、黒髪男子がフッと笑った。

「さっきの女か。そんなに俺に興味あるなら、連絡先教えてやってもいいけど」

え？

なに、このカンちがい男。

「そういうつもりじゃなくて……」

「しょーがねーなぁ」

あたしが訂正するのも聞かず、黒髪男子は自分のポケットを探っている。

そして。

「あー……やっべ！」

　さっきまでの余裕はどこへやら。
　大あわてで身の回りを確認している。
「どうか……したの？」
「スマホ、どっかで落としたみてぇ。さっきお前を受けとめたとき、座席で落としたかも」
　ええっ、それは責任重大。
　最初は手に持ってたけど、受けとめるときにとっさにポケットに入れたのかな。
　それが、落ちたかも……ってこと？
「大変……どうしよう」
「ツイてねーな。俺と付き合いたいなら、あんな手使わずに直接言えよ」
　はいっ!?
　や、ちょっと、なんなのこの男。
　カンちがいにも、ほどがある。
「悪いけど、あんたなんて全然趣味じゃないから！　さっきは目まいで倒れただけ。助けてくれてありがとう。スマホ見つかるといいね」
「は!?　なんだ、その感情こもってない感じ」
　一気にまくしたてると、黒髪男子が噛みついてきた。
「感情のこめようがないよ。だいたいね、電車でのマナー悪すぎ。あんたのことを好きな悪趣味な女子が、スマホ拾ってくれてるといいね～」
　つい、イジワルな言い方をしてしまう。
　マナーが悪いのは本当だけど、助けてもらったのにこんな言い方ってないよね？

スマホがなくて焦(あせ)っているのに、結構ひどい言い方しちゃった……。

反省はするけど、今さら訂正することもできず。

「ひでぇヤツ」

背中ごしにそんな声が聞こえるけど、こんなカンちがい男とは、これ以上関わらない方がいいかも。

スマホを落とさせてしまった責任は感じるけど、このまま立ちさろうと思っていると、そばにいた茶髪男子がクスッと笑った。

「どっちがひどいんだよ。倒れたのがホントだとしたら、翔太(しょうた)の方がひどいヤツだと思うけど？」

……え？

翔太って、この黒髪男子のことだよね？

もしかして、信じてもらえた？

薄茶(うすちゃ)でふわっとしたやわらかそうな髪に、優しそうな目もと。

まるで絵本に出てくる異国(いこく)の王子様のような男の子。

カッコいいな〜。

って、あたしはなにを思ってるんだか！

「寿(ことぶき)〜、こんな女かばう気？」

「とりあえず、彼女に謝れば？」

彼女って……あたしのこと!?

ひさびさに、女扱いされた気がする。

「謝る？　え、なんで。俺が謝ってほしーぐらい。人が困ってんのにさ、悪魔みたいな女だよな」
　なにーっ。
　そこの黒髪男子！
　言わせておけば……。
　キッとにらもうとしたけど、まぁたしかに、あたしも悪かったよね。
「悪かった。これでいい？」
　黒髪男子をチラッと見ると、もうこっちなんて気にしていない。
　茶髪王子からスマホを借り、それを耳に当てている。
　鳴らして、その所在を確かめたいってことか。
　とことん、マイペースなヤツ!!
　ムカムカしていたら、茶髪王子と目が合った。
　そして、ふんわりとした笑顔で軽く会釈される。
　う、わ。
　素敵！
　男だけど、顔がキレイなせいか、男と女の隔たりをそんなに感じなかった。
　男くさくないから!?
　いやいや、生まれ持った資質……あれは、正真正銘の王子だよね。
　さっき電車でマナーの悪いメンバーの中にいたような、いなかったような……。
　ううん、きっといなかったはず。
　物腰もやわらかいし、なにしろ見た目が王子だもん。

これは、学園の新しい王子確定。

あたしは潔く、退陣しよう。

行っていいよ、とばかりに手を振るから、ふたりに背を向けて歩きだす。

そのとき、黒髪男子の声が聞こえてきた。

「あれ、女？　ガサツだし、髪、短っ。すげぇな。ウワサには聞いてたけど、女子校ってあーいうのがいるんだな」

「翔太、お前失礼だろ。聞こえてたら、どーする？」

しっかり聞こえてますよーっ！

くっそ、あの黒髪男子だけは許さないっ。

それにしても、そこまで言う!?

たしかにあたしはショートだし、立ち居振るまいにも、ひとつとして女らしさはない。

それでも、女として見られないのはなんだか屈辱。

アイツを……見返してやりたい。

そう思ってしまう。

ちょっと前までは、男にビビってたけど……アイツをつぶすためなら、なんだってやってやるから！

自分のクラスに到着すると、愕然とした。

あたしの席に、男が数人たむろっている。

目を見開いて固まっていると、心愛が駆けよってきた。

肩までの黒髪を揺らし、心配そうにあたしを見つめている。

「美夜ちゃん、おはよう。電車、大丈夫だった？」

「なわけないよ！　聞いて、初日からとんでもないヤツに出会ったの……って、それより！　あたしの席に男がいる!!」

　男子校と統合したことで、クラスを半分に分け、そこに男子が入ってくることはわかってたけど。

　あんたたちの席は、そこじゃなーい！

　座席表、黒板に貼(は)ってありますよー!!

「たぶん、まちがって座ってるんだよ。言いにいく？」

　心愛が不安そうにあたしの顔をのぞきこむ。

「や……いい。そのうち、気づくだろうし……」

　言いにいく勇気なんてない。

　それに、さっきの黒髪男子みたいに誤解されたり、ケンカ売られたら最悪だもんね。

　そこでタイミングよくチャイムが鳴って、やっと男の子たちが席を離れた。

　ふうーっ。

　自分の席へ移動し、ため息をつきながら勢いよく座ると。

「うぉう、迫力(はくりょく)あんね」

「……え!?」

　うしろから聞き覚えのある声がして、あわてて振り向く。

　うしろにいる男の顔を見て、体中が凍(こお)りつくのがわかった。

　男子校と統合しただけでも、あたしの学園生活は大ピンチなのに、その上……こんな悲劇ってある!?

　いつの間にかうしろの席に、今朝会った黒髪男子がいた。

この男とは、二度と会いたくなかったのに。
まさか同じクラスなんて……しかも、うしろの席!!
「え!?って。ここ、俺の席。なぁー、スマホめっかった」
ケンカ腰に話しかけられると思って身がまえていたら、意外と普通に話しかけてきた。
少し拍子(ひょうし)抜けしながらも、あたしも平然と答える。
「あ、そーなんだ。よかったね」
全然心のこもっていない、棒(ぼう)読み。
「心優しい女子が拾ってくれた。声も超かわいくて、きっと美少女」
あっそ!!
なんでそこで声を大にするかな。
こんなヤツが、うしろの席。
あー、ヤダ！
「あとでウチの教室まで来るって。お前とは全然ちがうな。女って、やっぱ愛であふれてなくちゃ」
愛であふれる？
意味わかんない。
こんなカンちがい男に優しくなんて、したくない。
余計(よけい)、誤解されちゃうよ。
それにしても、拾ってもらったんなら自分から取りにいけ～。
そう言ってやりたいけど、逆襲(ぎゃくしゅう)にあいそうだからやめておこう。
「そうなんだ。あと、言っておきたいんだけど、電車で倒れたのは目まいがしたからで……」

「マジで言ってんの？　気分悪かったなら、席替わってやったのに。早く言えよ」

　って、全然そういう雰囲気じゃなかったけどね。

「ありがと」

　やっぱ、反論しないでおこう。

　素直にお礼を言うと、黒髪男子が心配そうに見てくる。

　えっ……なにかまずいこと言っちゃった？

　かまえていると、フッと顔をゆるめた。

「顔色もいいし、今は大丈夫そうだな」

　もしかして、心配してくれてる!?

　急に優しくなるなんて、調子狂うよ。

「うん。それと、ああいう座り方……よくないよ」

「わかった、わかった。ま、とりあえずよろしく。俺、矢野翔太」

「…………」

　とりあえず誤解が解けたから、もうそれでよしとしよう。

　それにしても、ホントにわかってる？

「ムシか。ま、いーけど」

　今朝あたしに、『悪魔みたいな女』なんて言ったくせに。

　結構、普通に話しかけてくるよね。

　男の中でも、矢野はとくに人種がちがいそう……。

　男性恐怖症のあたしだけど、コイツとは意外に普通に話せる気がする。

　それがどうしてなのか、あたしにもわからないんだけど。

そのうちに先生がやってきて、全校集会のため、クラスごとに体育館へ移動することに。

以前も聞いたけど、男子校との合併に至った経緯や、これからのことなどをもう一度、学園長が話していた。

その間も、女子たちは見慣れない男子を見てうれしそうに騒いでいるし、男は男で、女子を見てニヤニヤ。

あ〜、ヤダヤダ。

そして集会が終わり、体育館から教室に戻る途中。

いつもあたしの周りにいる部活の後輩……まきちゃんが、教室の前で矢野と話しているところに遭遇。

矢野……しょっぱなから、全校集会サボるとか、いいご身分じゃん。

しかも、あたしの後輩に早速手ぇ出すとか、上等。

文句言いにいこうか。

近くに行こうとすると、ふたりの会話が聞こえてきた。

「え、俺のこと好き？　べつにいーけど。じゃ、付き合おーか」

……ん？

今、なんて言った？

「きゃあっ。うれし〜！　矢野先輩と付き合えるなんて、夢みたい」

まきちゃん、あなたも今、なんて言ったの？

あたしの聞きまちがいだと思いたい。

声をかけるより早く、ふたりがこっちに気づいた。

「美夜先輩!!　あのっ、これは……その」

あたしを見て、まきちゃんは大あわて。

反対に矢野は驚くでもなく、余裕の表情。

「おー、お前か。やったぜ、スマホ戻ってきた」

あたしに片手をあげ、スマホを見せる矢野。

「そ、そうなんです。今朝、拾って……あの、全校集会の前に返そうと思って……でも、話しこんでしまってこんな時間に」

なるほどね、それで矢野と会話して、気に入っちゃった？

……なわけないし。

絶対、矢野がまきちゃんをたぶらかしたんだ。

「矢野、あたしの後輩に手ぇ出さないで。今までどんな女と付き合ってきたのか知らないけど、その子はそーいう子じゃないから」

「いや、でも。俺と付き合いたいって、この子が言うから」

まきちゃんを指さし、矢野が笑う。

「矢野がそう仕向けたんでしょ？」

「ちがうね。俺のこと、知ってたって。電車で見て、憧れてたって」

「え……そーなの？」

まきちゃんを見ると、顔をまっ赤にして固まっている。

へーえ、そうなんだ。

ま、異性を好きになるのは自然の摂理。

いつもあたしを追っていたのは、疑似恋愛的なものだったのかも。

本物の男に勝てるわけがないことは、百も承知。

「みっ、美夜先輩のことは……尊敬してるし、ホントに憧れてたんです。だけど、許してくださいっ！　ごめんなさい!!」

　泣きそうな顔で、矢野のうしろに隠れている。

　背中にしがみつき、まるであたしが悪者。

「お前、後輩脅（おど）してどうしたいわけ？」

　真顔で聞いてくる矢野に、蹴（け）りを入れてやりたい気分。

「なんで、あたしが。いーじゃん、お似合いだよ。大切にしてあげてね、あたしのかわいい後輩を」

　アホらしい。

　みんなに慕（した）われ、ちやほやされて、あたしも女子校での王子様ごっこに浮かれていたのかもしれない。

　それは、男がいない世界だからこそ。

　そうだよね、しょせんは偶像（ぐうぞう）。

　なんか、カンちがいしてた。

　やっと目が覚めたかも。

　今朝から最悪なイメージしかない、この矢野と付き合うってのはいただけないけど、本人がいいならそれでいいよね。

ずっと好きだった

そのうちに教室前に生徒が戻ってきて、横で事情を聞いていたらしいクラスの男子たちに、あっという間に囲まれたふたり。

付き合いを冷やかされて、まきちゃんはうれしそう。

……へーえ、そういうもの？

うれしい……んだ。

あたしはそっと、その場を離れる。

教室の中に戻り、自分の席へ移動している途中、うしろから突然手を引っぱられた。

「ちょっと――っ！　美夜ちゃん、あれどーいうこと!?」

「心愛!?」

必死な顔をした心愛が、教室の外にいる矢野とまきちゃんを指さす。

「どうって……」

「黒王子～っ!!　せっかく同じクラスになれたのに、どうしてまきちゃんがとっちゃうかな!?」

「黒王子？　矢野……もしかして、そんな呼ばれ方してるんだ？　腹(はら)ん中、まっ黒そうだもんね」

矢野ってば、統合初日からまきちゃんを誘惑(ゆうわく)して、絶対にタダモノじゃない。

みんなもそう思ってたんだね。

「そうじゃないよ！　黒髪だからだよ」

　えーっ！
　絶対、腹黒だからだと思ったよ。
「だけど、王子ってキャラじゃないよね」
　イジワルだし、デリカシーないし。
　すると、心愛がブルブルと首を横に振る。
「どこからどう見ても、王子だよ〜！　美夜ちゃんの目、腐(くさ)ってる」
「腐ってない！　顔がイケメンなだけでしょ」
　性格のどこにも品がないし、あれは王子ってキャラじゃない。
「男子の制服採寸のときに、見かけたの。あんな王子様みたいなイケメン、めったにいないよ!?　見てるだけで、胸キュンだよ！」
　王子ねぇー……。
　たしかに、顔だけはカッコいいけどね。
　ていうか、一番の難題、来た！
「胸キュンって……どんなの？　想像できない」
　悲しいかな、恋愛絶食系にはワカリマセン。
「これ読んで」
　心愛に渡されたのは、ケータイ小説。
　読んでるのは知ってたけど、この手の恋愛系の読みものには一度も手を出したことがないあたし。
　パラパラとめくり、目に飛びこんできたセリフは……。
“ずっと好きだった……俺にはお前だけ”
　おおおー、へぇー。

「そして強引にキスされるの！　きゃあっ、あたしもこんな風に誰かに愛されたいよ〜」

強引にキス!?

「それ、愛されてる!?　そういうのって、合意のもとじゃないの？」

「ちがうのよ〜。ヒロインはいつだって、ピュアなの。“今の、なに？　キス!?”ってそこにも書いてるよね。キスしたことにも、気づかないの」

気づかない……そんな、まさか。

「え。それって、ただのバカ？」

「ちが〜う!!　美夜ちゃん！　そうじゃないの〜」

あたしには、まったく理解できない世界だ。

「黒王子と付き合いたかったな……」

「心愛！　正気なの？　矢野ってば、ホント最悪なんだから」

「そんなことないよ。でもいい、白王子がまだ残ってるから。運よく、白王子も同じクラスだよ」

今度は白王子!?

黒に白に、あとはどこまで色が続くのか。

男子校との統合で浮かれすぎて、心愛の頭ん中、きっとどうかしちゃったんだ。

そう思っていると、心愛が教室の入り口を指す。

そこには、体育館から戻ってきた男の子の姿が見えた。

あれは今朝、あたしのことを『悪魔みたいな女』だって言う矢野に注意してくれた人だ。

たしか、“寿”って呼ばれてたよね。
もしかして、白王子って寿くんのこと!?
「なるほど〜」
寿くんが王子ってのは、納得。
「わかる!?　いいよね、美夜ちゃんのタイプ!?」
「タイプとか、そういうんじゃないってば。共学だと、あんな感じの人がモテるんだろうなーって思っただけ」
「白王子は寿すばるくんっていうんだけど、もう何人か告白したみたい！」
「えっ、もう!?」
「そうなの。だけど、全部断ってて……」
みんな、やること早いな。
びっくりしちゃうよ。
けど、ちゃんと断るあたり、あのチャラい黒王子……矢野とはちがうんだね。
「全部断るって、理想が高いんだよね。あたしじゃ、ダメかぁ」
心愛は、がっくりと肩を落としている。
「そんなことないよ。心愛は、かわいい！　クラス１……ううん、学校１かわいいよ」
「ありがと。やっぱりあたしの王子は、美夜ちゃんだけだよ」
心愛がクスリと笑う。
「よく言う〜。心愛だけなんだから、あたしを特別扱いしなかったのは」
ちょっと見た目がボーイッシュなだけ、ちょっと運動が他の子よりできただけ。
　他の子よりひとつ飛びぬけていたことで、ちょっと女子校の中で目立っただけ。
　ただそれだけなのに王子扱いされて、よくも悪くも目立っていたあたし。
　その中で心愛だけは、あたしのことをヘンに避けることもなく、妙にテンション高く接してくることもなく、出会ったときから普通だった。
　ただ普通の友達として、そばにいてくれる。
　だからあたしも一緒にいると、とっても居心地(いごこち)がいい。
「白王子……え、と。寿くんに話しかけてみたら？　心愛ならできる！」
　そんなに心愛が白王子を好きだっていうなら、あたしも応援(おうえん)したい。
「えーっ、ムリだよ。緊張(きんちょう)しちゃう」
　ふたりでそんな話をしていると、驚いたことに向こうから近づいてきた。
「ちょっといいかな」
「え、あたし!?」
　白王子は、あきらかにあたしを見ている。
「そうそう。どっかで見たことあるんだけど……前に会ったことあるっけ？」
　今朝会ったこと、寿くんは覚えてないのかな。
「あー……今朝、学校の前で……」
「いや、そーじゃなく。もっと前」

「もっと前？」
　なんのことだかわからずに呆然としていると、心愛が横から入ってきた。
「寿くん、もしかして美夜ちゃんのこと気に入ったの!?」
「こっ、心愛!?　そんなわけないし！　っていうか……」
　焦っていると、寿くんが大きく目を見開いた。
　……ん？
「今、美夜って言った？　やっぱ、美夜ちゃんなんだ!!」
　……へ？
　キョトンとしていると、突然抱きしめられた。
「うわーっ!!」
　優しい白王子とはいえ、男に抱きしめられ、思わず拒否(きょひ)反応が出てしまった。
　大声で叫んだあたしに、教室中の視線が集中する。
　だけど、寿くんはおかまいナシ。
「美夜ちゃん、会いたかった!!」
　なんでしょうか、この劇的な再会っぽい場面は。
　あたし、まったく身に覚えがないんだけど!?
　白王子をなつかしいとも思わないし、そもそもあたしの周りには、小さい頃からほとんど男がいなかったんだから。
「ちょっ……それ、絶対人ちがい。あたし、寿くんのことなんて知らない……」
「ひどいな、俺のこと忘れた!?」
　忘れる前に、知らないし！
　っていうか、その腕離して。

密着(みっちゃく)しすぎて、超パニック！

焦りすぎて、過呼吸(かこきゅう)になりそう。

「“ことちゃん”って言えばわかる？　寿の、“こと”。あれ俺なんだ」

こと……ちゃん？

え。

えええええええ────っ!!!!

「ことちゃん!?　ホントにそうなの？」

「やっぱり知り合いなの!?」

あわてふためくあたしを見て、心愛も興奮(こうふん)ぎみ。

だけど、まさか。

あたしの知ってることちゃんは……。

頭にリボンをつけて、髪の長い……女の子、だったはず。

「あ、おとなしくなった。大丈夫？」

寿くんが、あたしの顔をのぞきこむ。

たしかにことちゃんも、かなりの美少女だった。

だけど今、あたしの目の前にいるのは、かなりのイケメン。

……どういうこと!?

「えー……ごめん、今プチパニック」

「アハハ、ヤダな～。美夜ちゃん、驚きすぎ。いや、でも驚くか！　俺、子どもの頃は女の子として育てられてたから」

「ええええーっ!!」

そこで叫んだのは、心愛。

「しっ、白王子が女の子!?　王子な美夜ちゃんと、まさかのカップリング!!」
「白王子？　あ～、なんかそう呼ばれてるみたいだね。俺、全然王子なんかじゃない。どっちかっていうと、いつも美夜ちゃんに守られてた」
　そういえば、ことちゃんはおとなしくて、いつもあたしのあとをついてきて。
　よく泣くけど笑顔がとってもかわいい……女の子だった。
　今の寿くんと、まったくかぶらないんだけど。
「ごめん、やっぱムリ。ことちゃんと、一致(いっち)しない」
「一致しないか～。ま、そうだよね」
　苦笑いしている寿くんを前に、なんだか申しわけない気持ちになってくる。
　もし本当にことちゃんなら、ここで感動の再会になるところ。
　だけど、どう見ても同一人物には思えなくて……。
「美夜ちゃん、変わってない」
「そーだね」
　あたしは小さい頃から髪もショートだったし、性格もこんな感じだから。
「サバサバして、度胸ありそう」
「そうでもないよ」
　男、怖いし。
　けど、寿くんに対しては、そこまで拒否反応が出なかったのは……もしかしたら、ことちゃんだから？

「美夜ちゃん、彼氏いる？」

……はい？

寿くん、突然なんの質問!?

黙っていると、心愛がかわりに答えた。

「彼氏は、いないの。彼女ならたくさん……」

「彼女？」

心愛の発言に、寿くんも当然キョトンとしている。

「心愛の言ったことは、気にしないで！　とにかく！　彼氏はいないし、ほしくないから」

男自体、受けつけません。

「ほしくない……それって、好きな男もいないってこと？」

「いないよ！」

恋自体、よくわかってないからね。

「へ〜」

こんな女、めずらしい？

寿くんは、目を見開いて驚いている。

「じつは、美夜ちゃんは後輩と……グフッ」

心愛が余計なことを言いそうになったから、手で口をふさいだ。

寿くんは首を傾(かし)げている。

「言いにくそうだね。もしかして、年下の彼氏がいるってこと？」

「ううん、そうじゃないんだけど。ここ女子校だったから、その一……」

「美夜ちゃんが、学園の王子をつとめてきたの」

　あたしが口ごもっていると、心愛がついに暴露(ばくろ)してしまった。

「ええっ!!」

　寿くん、若干(じゃっかん)引きぎみ。

　まあ、驚くのも当然か。

　女が学園の王子とか、意味わかんないよね。

「ま、そーいうこと……です」

「へー……おもしろいな。ホントに男に興味ないんだ？」

　完全に引いてると思ったのに、寿くんは笑顔だし、そうでもないみたい。

「まぁ……そうだね。女が好きとか、そーいうのではないんだけど」

　ボソボソと答えていると、寿くんがとんでもないことを言いだした。

「俺と付き合わない？」

「はいっ!?」

「今だから言えるけど、小さいとき美夜ちゃんのこと……好きだったんだよね。今でもたまに、あの頃のことを思い出すことがある」

　寿くんは、目を閉じて感慨(かんがい)深げに語っている。

「また会いたいって思ってた。あのときから、ずっと好きだった……って言えば、付き合ってくれる？」

　目を開け、まっすぐな瞳で伝えられるけど。

　……なんて説得力のない告白。

ずっと好きだった？

それって、ちょっとちがう。

小さい頃のあたしと、今のあたし。

本質は変わっていないようで、やっぱりあの頃とはちがう。

それに、あたしたちは女の子同士として遊んでたのに。

だから、寿くんのその好きっていう気持ちは、幻想でしかなくない？

「もし寿くんがことちゃんだったとして……あたしは、女の子だから優しくしてたんだよ？　じつは、あたし男性恐怖症なの。寿くんのこと、そんな風に見られないよ」

「男性恐怖症……なんだ？」

寿くん、驚くとともにガッカリしている。

気持ちはうれしいけど、やっぱり“好き”って気持ちがわからない。

“好き”って、そんなに長く継続するものなの？

そこでちょうど、先生が教室に入ってきた。

ってことで解散！

なにか言いたげな寿くんを残し、あたしは席に着いた。

「お～う、どういうつもりだ」

「…………」

やっと、寿くんから逃れられたと思ったら……また新たな試練がやってきた。

うしろの席から聞こえてきた、ちょっと低めの声。

それは、確実にあたしに向けられている。

そうだよ……男子校との統合で、あたしには最大の難関が待ち受けていたんだった。

寿くんのことで、すっかり忘れてたけど。

振り向きたくもない。

あたしのうしろの席は……最低最悪のアイツ。

黒王子こと、矢野の席だったんだ。

「お前、何様？　寿のこと、断るとか」

「…………」

さっきのやり取り、矢野も聞いてたんだ？

ムシしても、ひとりでしゃべり続ける。

「調子乗ってんのか？　男みたいなお前に声かけるヤツなんて、この先ひとりもいねーから」

べつに、それでいいよ。

どうして矢野に言われなきゃいけないの？

「おい、なんとか言え」

イスの脚(あし)を、ガンと思いっきり蹴られた。

ブチッ!!

あたしの中のどこかで、そんな音が聞こえた気がした。

「矢野！　男のくせにしゃべりすぎ！　せっかくイケメンなんだから黙ってれば？　その方が、まだマシな人間に見える」

振り返りつつ大きな声でそう言ったら、クラス中がわいた。

女子たちは苦笑いしているけど、男子は大ウケ。

「翔太〜、言われてやんの!!　アハハ、この女すげぇ。よく言った!!」

矢野と仲よさげな男子が、そんなことを言いながら矢野を見ている。

「は一？　俺のイケメン度は、しゃべってなんぼですけど。黙ってたらただのフツメンだろ。イケメン？　ありがと、そう思ってくれてんだ？」

くやしがるかと思いきや、余裕しゃくしゃく。

しっ……しまった。

イケメンだって、認(みと)めてしまった。

「そ、それは一般論。だけどよく見ると、イケメン……風だよね、矢野って」

「なに!?」

これには、矢野も反応した。

絶対、自分のことフツメンだなんて思ってないよね。

「それに、ホントのイケメンは中身もともなってこそ。付き合う気はないけど、矢野とちがって、寿くんは真のイケメンだと思う」

「くそー……言ってくれるな」

このくやしそうな顔。

やった！

あたし、コイツに勝った。

「翔太～、女に言い負かされてんじゃねーよ。しっかりしろよ～」

クラスは大盛(も)りあがり。

男子はあたしに賛成(さんせい)してくれている。

「俺に恥(はじ)かかすとか、いい度胸。テメーみたいな女、このクラスにいらねぇな」
　矢野が、本気であたしをにらんでいる。
　こっ、怖い……。
　今さらだけど、コイツ男だった。
　男が怖いということを、急に思い出した。
「い、いらないってなに!?」
　内心ビビッてるけど、そう見せないように強気に聞いてみた。
「ウザいっつってんだよ。失(う)せろよ、このオネエが」
　おっ、オネエ!?
　なんであたしが!!
　しかも、ウザいとか失せろとか……ああ、矢野ってホントにイヤなヤツ。
　だけど矢野の言葉に、今度は女子が吹いた。
　あー……あたし、もしかしてそう思われてた!?
　べつに、好きで王子やってたわけじゃないけど。
　周りからしたら、かなり異質な存在だったのかもしれない。
　それを象徴(しょうちょう)するかのように、あたしを王子扱いしてたのって、後輩ばっかりだしね。
「あたしは女です！」
「あたし、とか言うな。やっぱオネエだろ」
「ちがーうっ！」
　クラス中が爆笑(ばくしょう)の渦(うず)に巻きこまれたのは、言うまでもない。

かっ、悲しい……。

「お前らー、そのへんでやめとけ。それに、矢野より白鳥の方がよっぽど男らしいぞー」

先生の言葉に、またクラスがわいた。

「先生、全然フォローになってないよ！」

思わず自分でツッコミ。

「そうかー？　いい意味で言ったけどな。とりあえずＨＲ（ホームルーム）始めるか」

先生はそのまま、あたしたちのことをスルー。

矢野は不服そうだったけど、もうなにも言ってこなかった。

ふう……。

共学になったことで、あたしの学園生活、これから騒がしくなりそう。

どっちが真のイケメン？

　ウチの学校が共学になって、早２ヶ月。
　夏休みが終わり、２学期を迎えた。
　あたしに群がっていた後輩女子は、おもしろいぐらいに去っていった。
　だけど、そのかわりに……。
「美〜夜ちゃん。お昼一緒に食べよ」
　昼休みになると、あたしの席まで直行してくる男の子が約１名。
　それは……寿くん。
「パス。あたし、心愛と約束してるから」
「心愛ちゃんなら、隣のクラスに行ったよ」
　ええっ!?
「はい、これ。心愛ちゃんから預かってる」
　渡(わた)されたのは、ノートの切れ端(はし)メモ。
《彼氏とお昼ご飯食べるから、美夜ちゃんは白王子とどうぞ》
　ひ、ひどい……。
　ちょっと前までは、白王子、黒王子って騒いでたのに。
　夏休み中に、他のクラスの青井(あおい)くんっていう男子にコクられ、アッサリそっちに乗り換えた心愛。
　最近では、あたしより彼氏優先。
　しょせん、女の友情なんてこんなものか。

「翔太も彼女と食うって言うからさ。お互いひとりで食べるのもなんだし、一緒に……」
「ごめん、用事思い出した」
　教室で机を向かい合わせにして、一緒に食べる？
　そんなの照れるし、白王子ファンの女の子たちからにらまれるに決まってる。
　今だって、周りの視線が痛い……。
　寿くんを置いて、教室を出た。
　告白を断ってからも、寿くんはあたしと付き合いたいって言ってくれる。
　優しい男の子だし、冷たくすると心が痛むけど……あたしにその気がないのをわかってほしい。
　共学になって、学園に男の子がいる生活に少しは慣れてきたものの、やっぱり苦手。
　夏休みを挟んだことで熱も冷めたかと思えば、全然そうじゃないみたい。
　気づけばいつもあたしのそばにいて、こうして話しかけてくる。
　寿くんがイヤっていうか……真正面から面と向かって話すのが緊張するっていうのもある。
　できれば、あんまり男の子と関わりたくないんだよね。
　早く以前の女子校のときのような、平和な生活を取りもどしたいよ……。
「ふぅ」
　ため息をつき、ふと視線を廊下にやると、イヤなモノを目にしてしまった。
　ちょうど扉の前で、あたしの天敵（てんてき）が女とイチャイチャしている。
　天敵といえば、言わずと知れた……アイツ。
　統合早々、まきちゃんと付き合ってたけど、今はもう別の女と付き合っている。
　ウワサによると、夏休みの間にも学園の女子数人に手を出したらしい。
　そして、この数日の間だけでも、女のサイクルが早い早い……。
　矢野に突然フラれたと、統合の数週間後にまきちゃんがあたしに泣きついてきたっけ……。
『やっぱりあたしには、美夜先輩だけです～！　男なんてもう信じられない』
　最近学校を休みがちだって聞いてたけど、まさか矢野のせいだったなんて。
　事情を聴（き）いてみると、なんの前兆（ぜんちょう）もなく一方的にフラれたって言うじゃない。
　ただのケンカと思い、仲裁役（ちゅうさいやく）を買って出たつもりが、矢野の口からはとんでもない言葉が返ってきた。
『新しい女ができた、それ以上の理由があるか？』
　口も態度も悪いと思ってたけど、ここまで女グセが悪いとは。
　しかも、悪びれるでもなく、当然のように言われてしまうと、もうあきれるしかない。

矢野のせいで精神がボロボロになってしまったまきちゃんを元気づけるのは、ホントに大変だった。
時間はかかったけど、今はやっと矢野のことも吹っきれて、笑顔を見せてくれるようになったんだ。
被害者はまきちゃんだけにとどまらず、泣きついてくる後輩女子はあとを絶たない。
付き合った相手を傷つけても、矢野はなんとも思っていないらしく、そのあとも次々とちがう女を連れて歩いている。
これをきっかけに、あたしの矢野への闘争心はますますヒートアップ！
女心をもてあそぶなんて、最低。
学園の平和を乱すヤツを、野放しにしてはおけない。
その頃から、いつかあたしが矢野をぶっつぶしてやるって誓ったんだっけ……。
ホント矢野は、チャラい以前に人間のクズ。
今だって、人前で平然とイチャついて、目の毒。
おまけに通行の邪魔だっつーの、どいてほしい。
「矢野邪魔」
「は？　俺の名前、矢野翔太だけど」
女に向けていた視線をあたしに向け、フンと鼻で笑う。
面倒くさっ。
スルーしたまま素通りしようとすると、矢野が前に立ちふさがった。
「待てよ。俺が女といるから、イラついてる？　女が大好きなさすがの俺も、お前だけはム〜リ〜」
　ぶっ殺してやりたい。
　いや、こんなヤツ、相手にする方が負けだよね。
「ウザ〜い」
　目も見ずにボソッと言うと、腕を強引につかまれた。
「痛っ、離してよ」
「人としゃべるときは目ぇ見て話せ？　ムカつくんだよ、お前」
　矢野があたしをにらんでいる。
　あたしからしたら、矢野だってかなりムカつく。
　だけど、ここで言い返したところで、言い合いになるのは目に見えている。
　黙っていると、寿くんが近寄ってきた。
「翔太〜、いいかげんにしろよ。美夜ちゃんがイヤがってる」
「イヤがる？　ケンカ売りにきたから、買ってるだけじゃん」
　は？
　ケンカ売ってるのはそっちだよ!?
　あきれてモノも言えない。
「ま、ここは俺に免(めん)じて許してあげてよ。美夜ちゃんが俺の彼女になったら、翔太のその態度、あらためてもらうから」
　寿くん、ニコニコしながら矢野にそんなことを言っている。
　あたし、寿くんの彼女にはならないよ！

ずっとそう言い続けているのに、全然引いてくれない。

白王子ファンの女の子たちからの痛い視線も、毎日容赦なく突き刺さってくる。

そんなこと、寿くんはまったくわかっていないみたいだけどね。

「え、寿……男と付き合うの？」

矢野、真顔で言ってるし。

「あんまり失礼なこと言うと、俺だって本気で怒るよ？」

かばってもらって、うれしいやらはずかしいやら。

黙ってふたりのやり取りを見ているあたし。

「そう言われてもな、この女のどこに女子の要素がある？」

値踏みするように、矢野がジロジロと見てくる。

「美夜ちゃん、かわいーじゃん。どこをどう見ても、女の子だよ」

寿くん、フォローが苦しいからもういいよ。

ま、こればっかりは、矢野の方が当たってるかもね。

クズの矢野に比べると、あたしの方がよっぽど男らしいかもしれない。

そうだ……この際、それを証明することで、矢野にガツンと喝を入れてやりたいよね。

「男で結構。なんなら、イケメン勝負でもしてみる？」

単なる思いつきだけど、まっ向勝負を挑んでみる価値はあるかもしれない。

これでも一応、女子校の王子だったし。

男の制服着たら、あたしの方が上だったりして？

「おー、いいね。やってやろーじゃん」

　矢野もノッてきた。

「マジでイケメン対決しちゃう？　来月初旬（しょじゅん）に学園祭があるじゃん。俺の友達が実行委員をやってて聞いたんだけど、イケメンコンテストを企画してるらしいんだよね。ま、男子校時代の恒例（こうれい）行事でさ。美夜ちゃん、出てみたら？」

　寿くん、あたしを女の子だと言っておきながら、マジメにすすめてるし。

「あたしが？　性別の制限はないの？」

「なかったはず。自薦他薦（じせんたせん）問わずで、誰でも出られる。出場希望者は当日、体育館のステージでイケメンパフォーマンスをするだけ。それを見た学園の女子が投票して、ベスト10を選ぶらしいよ」

　そうなんだ〜。

　おもしろそうだから、やってみてもいいかも。

　それに、もう……まきちゃんみたいな被害者を増やさないためにも。

　あたしが矢野を絶対に打ち負かしてやる。

　表だって復讐（ふくしゅう）することで、本当の意味でまきちゃんの傷が癒（い）えるなら、願ってもないこと。

「あたしが勝ったら、今後いっさい学園の女子に手ぇ出さないって約束して」

「俺が負けるわけねーし。俺が勝ったらー……」

　矢野は、なんだかニヤニヤしている。

「笑ってないで、早く言えば？」

「寿と付き合え」

「げっ」

「美夜ちゃん、ひどい！　げって」

あたしの隣で、苦笑いをしている寿くん。

だって、げっ！でしょ。

付き合うって、全然ちがう話じゃない？

寿くんのことが特別嫌いってわけじゃないけど、男の子が苦手なことに変わりはないから。

「それ、究極すぎ」

「俺に勝つ自信あんだろ？　なら、どんな条件でも関係ねーじゃん」

そうだけど……万が一、ってこともある。

相手はホントの男で、あたしは女。

気持ちの上では矢野よりまともなつもりだけど、それが票に比例するとは限らない。

けど……矢野にフラれたことで、反矢野派の女子も増えていることだし、そういうのを利用してみる手もある。

それに、まきちゃんのためにも。

あたしは絶対に負けるわけにはいかないんだ。

よーし、やってみるか！

「わかった」

「よっ、男前！」

「寿くん、あたしは女ですが」

「わかってる、女の子の中で一番のイケメン」

……ホントにわかってる？

「寿も趣味わりーな。白鳥のどこがいーわけ？」
　矢野があたしを見て悪態をつく。
「どこだろう……」
　首を傾げている寿くんを見て、だよねと思っていると、すぐに軽くうなずいている。
「そうだな、昔から俺に優しかったし、あの頃のことを思い出すだけで胸がキュンとなる」
　キュン……ねぇ。
　あたしの不得意分野だ。
　まったく理解できない……。
　矢野はお腹を抱(かか)えて笑っているし、あたしもなんて言っていいのかわからず押しだまってしまう。
「想いは永遠……美夜ちゃんは俺にとって、一番素敵な女の子なんだ」
　過去のあたしだけを見てそんなことを言われても、正直とまどう。
　女の子らしくもないあたしに、素敵要素なんてホントにあるの？
　そうだ、これだけは言っておかなきゃ。
「言っとくけど、イケメンコンテストであたしが矢野に勝ったら、早く他に彼女作ってね」
「えええーっ!?　俺にまで条件突きつける？」
　あたしは本気だよ？
　わかってるのかどうか、寿くんはクスクスと笑っている。
　女の子扱いされるのに慣れていないから、寿くんといると照れくさいっていうか。
　こういう状態から、早く解放されたいんだよね。
　男の子と必要以上に関わりたくないのもあるし、平和だった女子校ライフを、少しでも取りもどしたい。
　矢野が来るまでは、毎日こんなにイライラすることもなかったんだから。
　今では、一日に何度、沸点(ふってん)に達してるか。
「安心しろ、寿。この俺が負けると思う？」
　自信満々に言ってのける矢野。
「だね。美夜ちゃんには悪いけど……どんな手を使ってでも、この際負けてもらうよ」
　え。
　今まで優しかった寿くんの、まさかの発言。
　あたし……もしかしたら、とんでもない賭(か)けをしてしまったのかもしれない。

どんな手を使ってでも

　まだ１ヶ月もあると思っていた学園祭。
　気づけばもう、１週間後にせまっていた。
「はー、やんなるな……」
　学園祭を目前に控えた昼休み。
　ひとけのない屋上で、あたしは大きなため息をついた。
　今日まで、あたしは反矢野派の子たちに対して、イケメンコンテストで矢野と対決することを説明してまわった。
　その結果、矢野にフラれた女の子たちや、その友達からの賛同をいくつか得られた。
　あたしに票を入れてくれるって約束してくれた人もたくさんいる。
　だけど……それ以上に、矢野も手を打ってきた。
　あれだけ女にうつつを抜かしていたのに、あの賭けをした日以来、ぱったりと女遊びをやめた。
　この１ヶ月、誰とも付き合わず、どの女ともイチャついていない。
　電車でのマナーもよくなり、立っている女子生徒に席を譲ったりしているとか。
　それはそれで、女子たちの興味をあおるわけで……。
「やっぱりカッコいい！」
「ホントはマジメだったんだよ」
「もしかしたら、あたしも付き合えるかも」

なんて声が、周りでちらほら。

期待を持たせつつ、イケメン度をアップさせるなんて、もう最強。

本物の男に勝てるわけないって、最近では思いはじめた。

これはあたしもなにか、策(さく)を考えなきゃ……。

だけど、どうする?

「あ～、ダリぃな」

わっ!

突然、屋上の扉が開いた。

あたしはあわてて、柱の陰(かげ)に隠れた。

「クスクスッ、お昼休みもう終わるし、このままここでサボッちゃお～。ねっ、翔太ぁ」

うわ……どういうこと?

翔太って……矢野だよね。

姿は見えないけど、この声は……きっとそう。

そして、甘ったるい声はあきらかに女。

「おー」

「どうしてそんなに機嫌が悪いの?　あたしといて楽しくない?」

矢野の彼女らしき女の子の声がする。

「楽しーよ。みんな俺がマジメになったと思ってる。これで、さらに俺の人気出るな」

「え～ヤダァ。翔太はあたしだけのものだよ」

それにしても、こんなところで女と密会していたなんて、やられた気分だ。

マジメになったと見せかけて、イケメンコンテストの票をたくさん得ようとしていたなんて。

抜かりないヤツ。

この女の子だって、コンテストが終わればすぐにポイかもしれない。

きっと、矢野のためにここで会っていることも、みんなには内緒（ないしょ）にしているんだろうな。

女心をもてあそんで、絶対に許さないんだから!!

「翔太ぁ〜、コンテストがんばってね。だけど白鳥さん、強敵だから大丈夫かな」

「俺が、オネエに負けると思う？」

「思いたくないけどー……共学になるまでは、ホントにすごい人気だったから」

「しょせん、女だろ？　絶対負けねー」

すごいなー。

よっぽど、自分に自信があるんだね。

あたしだって、こんなヤツに絶対負けたくないよ。

「ところで、白鳥の弱点ってなに？　もしものとき用に、押さえときたい」

ホント、どこまで姑息（こそく）な男なのかな。

「弱点？　そうだなぁー……心愛ちゃんかな。１年のときから、いつもそばにいるからね」

「心愛……あー、あのいつも白鳥にくっついてる女か。最近、男できたみたいじゃん。あれ、俺のダチなんだよな。なんか手ぇ打っとくかー」

……え？

「それ、ひどくない？　心愛ちゃんは関係ないよね」

女の子が笑いながら言う。

「だって、ぜってー負けたくないし。負けたら、いっさい女と付き合うなって言われてんの。それムリっしょ」

くーっ!!

こんなヤツ、絶対あたしが負かしてやる。

お前なんか、一生ひとりでいろ!!

心愛の幸せは、あたしが邪魔させないんだから。

「そういう翔太は、弱点ないの～？　ま、完璧って感じだもんね」

「俺？　そーだな、あるっちゃーあるけど」

なに!?

それ、聞きたい！

「教えて～」

「弱み握られんじゃん。教えねーよ」

くそ。

「えー、知りたいよぉ」

「ムリ」

あー、どうしたら聞きだせるかな。

……そうだ、寿くんなら知ってるかも。

そう思ったあたしは、矢野に見つからないよう、うまく隠れながら屋上を出た。

だ、け、ど。

すんなり教えてくれるかなー……。

くれないよね、きっと。
寿くんのことだから、逆に条件出されそうだし。
……うーん。

教室に戻り席に着くと、寿くんと目が合った。
ニッコリと微笑(ほほえ)んでいる。
やっぱ聞くのやめよう。
なんだか、ややこしいことになりそう。
やっぱ、こーいうときは心愛。
あたしの一番の友達に相談しよう。
心愛が帰ってくるのを心待ちにしていると……彼氏の青井くんと一緒に教室に戻ってきた。
そして、青井くんを残して名残惜(なごりお)しそうにこっちに来る。
そんな心愛を愛おしそうに見つめるのは、心愛にお似合いの、優しそうな男の子。
だけど、まさか矢野の友達なんて……。
ん、ちょっと待って。
矢野が青井くんに手を打つ前に、こっちから仕掛けるのはどう？
そうだよね……女子だって、友情より恋愛を取ることがある。
それは、男子だって同じかもしれない。
あたしの大切な友達、心愛。
心優しくて、笑顔がかわいくて。
その愛くるしい表情を見ているだけで、癒やされる。

それは、彼氏も同じなんじゃないかな。
心愛との関係を守るために、あたしに協力してくれるかもしれない。
席に着く心愛のもとに、駆けよる。
「心愛、ちょっとお願いがあるの」
「なに?」
「今から、授業サボんない?」
「ええっ!? どうしたの、いきなり。美夜ちゃんがそういうこと言うの、めずらしい」
だよね、授業をサボッたことなんてない。
だけど、矢野より先に手を打つためには、今しかないはず。
「いいかな。心愛の彼氏も一緒に……」
「え、青井くんも!?」
「そ。心愛、もう少し彼氏と一緒にいたいんだよね?」
「そ、そんなこと……」
心愛の頬(ほお)が、一気に赤く染(そ)まった。
恋の力って、すご……。
こんな心愛、はじめて見る。
「もし先生になんか言われたら、全部あたしのせいにしていいから」
「そんなの、ダメだよ!」
「いーの、いーの。ねっ」
心愛を連れ、教室に戻ろうとしていた青井くんを引きとめる。

　そして、空き教室へと向かった。

「青井くん、心愛のこと好き？」
「ええっ」
　単刀直入に聞いたのもあって、青井くんはかなりビビッている。
　そして、心愛も。
「みっ、美夜ちゃん!?」
「あたしの質問に答えて。どうなの？」
　苦笑いをしたあと、青井くんはマジメな顔になった。
「うん……好き。ひと目ボレだったし、付き合えてサイコー」
「きゃあっ、青井くん!?」
　耳までまっ赤になりながら言う青井くんを見て、心愛までまっ赤になっている。
「そっか、それならよかった。あのね……あたしがイケメンコンテストで矢野に勝たないと、心愛が大変なことになるの」
「……え？」
　唐突に切りだしたあたしに、青井くんは驚いている。
「矢野が、あたしに勝つために心愛を貶めることを考えてるみたい」
「マジかよ、矢野ならやりそーだな」
　青井くんは腕組みし、難しい顔になっている。
「心愛を守るために、もし矢野がなにか言ってきても……言うことを聞かないでほしいの」

「そんなん、もちろんだって。心愛は誰にも、指一本触れさせない」
「きゃー、青井くんっ」
　心愛、大興奮。
　青井くんが男らしくて助かった。
「青井くん、頼むね。それと、矢野に弱点があれば教えてほしいんだけど」
「矢野の弱点？　あるかなー……」
　首をひねり、うなっている。
　だよねぇ、あたしも思いうかばないもん。
「あっ、あるある」
　突然、青井くんが手をポンと打った。
「あるの!?」
「矢野って、兄弟の話に弱いんだ」
「……はい？」
「兄弟のためにがんばってるヤツとか、兄弟が病弱で心配事が多いヤツがいると、すげぇ親身になって話聞いたりすることがあるな」
　あの矢野が？
「アハハ、まさか〜」
「マジだって。矢野んち、弟の体が弱くって。そのことで結構苦労して育ってるから、そーいうのに弱い」
「……へぇー」
　なんか、意外。
　冷血人間だって思ってた。

「その反動が、アイツをあそこまでチャラくしたの？」
「そーなのかな、わかんねぇ。少なくとも、ストレス発散にはなってんじゃね？」
　そうなんだ……。
　じゃあ、あたしはそこにつけこむしかないよね。
　卑怯なやり方だとは思うけど、どんな手を使ってでも、あたしが勝たないと、この学園の未来は……ない！
「青井くん、ありがとう」
「健闘を祈る！　くれぐれも、無茶はしないように」
　心愛と青井くんが空き教室を出ていったあと、あたしはひとり腕組みした。

あたしの秘密（ひみつ）

　矢野を、あたしがぶっつぶす。
　覚悟（かくご）しなさ〜い！
　そう意気ごんだものの、ここでまず問題。
　あたしには弟はいない。
　いるのは……。
「ただいま〜」
「あっ、お姉ちゃん、お帰り！　いいとこに帰ってきたぁ〜」
　すべての授業が終わり家に帰ると、２階からかわいい足音が聞こえてきた。
　そして目の前に現れたのは、２個下の妹。
　そう、あたしには妹がいるのだ。
「また知らない人から手紙もらっちゃったよ〜、どうしたらいいの？」
　しかも、かなりモテる。
　クリッとした大きな瞳に、見る人を幸せにするような愛され笑顔。
　今こうして困っている顔すら、かわいすぎる。
　見た目がいいのはもちろん、性格もかなりピュアでモテ要素満載（まんさい）。
　あたしとはちがう学校に通っていて、今は中３。
　共学だから男に免疫がないわけじゃないけど、あたし同様、男より女友達。

今は恋愛より食い気……いや、友達と話したり、部活をしている方が楽しいらしい。
勝つためとはいえ、こんなかわいい妹をダシに使って、もし矢野が妹に会いたがったらどうしよう。
きっと、矢野なら手ぇ出そうとするよね。
そんなの、絶対にダメ。
だったら……。
あたしが、あたしじゃなくなればいい。
変装して矢野の前に現れて、身の上話をして……同情を誘う。
うん、我ながら名案な気がする。
うまくいくかは、わからない。
だけどもう、やるしかない。
「ねぇ、美琴。どうやったらそんなにかわいくなれるの？」
美琴はあたしとはちがい、かなり女の子らしい。
それはそれは、同じ親に育てられたとは思えないほど。
ホント、女の子らしくなる秘訣を教えてほしいよ。
「えー、お姉ちゃん！　あたし全然かわいくないよ」
とにかく、無自覚。
これがまた、かわいい。
「かわいい。だからモテるの！　その手紙貸して、あたしが処分しとく。相手に気を持たせるから、返事を書く必要ないからね」
「お姉ちゃん、いつもありがとう」
美琴宛の手紙処理班は、あたし。

　優しい美琴は、もらった手紙を捨てることに罪悪感（ざいあくかん）を感じてしまうから。
　こんなの、すぐに捨てればいいのにね。
「美琴の服、借りていい？」
「いーけど、お姉ちゃん、サイズ大丈夫!?」
　そ、そうだった。
　ムダにデカくなりすぎたあたしと、小柄（こがら）で華奢（きゃしゃ）な美琴。
　服を共有するのは、物理的にムリだった。
「あ、きっと、お母さんの服なら着られるよ」
　おっ……お母さんの!?
　それヤダ。
　あきらかにイヤそうな顔をしていたのか、美琴がケラケラと笑う。
「この間、一緒に買い物に行ったとき、あたしがかわいー服選んだんだ」
「美琴が？」
「うん、あたしの好きなショップで買ったの」
「へー、それなら大丈夫かも」
　あたしは早速、美琴と一緒にお母さんの部屋へ。
「これこれ」
「わー、かわいい！　こーいうの、美琴好きそーだね」
「でしょ？　お姉ちゃんも似合うよ」
「うんー……」
　ボーイッシュな格好（かっこう）が多い、あたし。
　だけど、この服はヒラヒラッとした袖（そで）に、フワッとしたスカート。

　お母さんが着るにはちょっと若い気もするし……あたしが着ても違和感ないかな？

　うーん、どうなの!?

「試しに着てみて」

　美琴に言われて試着してみると……。

　かなり苦しい！

　あ、ウエストじゃなく、見た目がキツいってこと。

　かわいい服が、まったく似合わない。

　これじゃあ、矢野の言うように、ホントにオネエだよ。

「似合ーう！」

「ウソ！　全然似合ってない」

「そんなことないよ。お姉ちゃん美人だもん、似合うよー」

「お世辞(せじ)言わないで」

「お世辞じゃないよ」

「違和感あるでしょ」

「ううん、かわいいっ」

　素直な美琴のことだから、本気で言ってくれてるんだよね……。

「ありがと」

「うん、お姉ちゃん、ホントにかわいいよー」

　そんなに何度も言われると、照れる。

　だけどこのままじゃ、矢野に会えない。

　髪型をどうにかしないと、あたしだってバレバレだよね。

　ヘアアレンジなんてしたことがないし……変装するため

に必要なのは、アレだよね！

「美琴、ウィッグ持ってる？」

「えー、持ってない」

……だよねえ。

「そうだ！　今から買いにいこうよ」

今から!?

だけどまぁ、早い方がいいよね。

「わかった、すぐに着替え……」

「そんな必要ないよ、そのままで大丈夫。だけど、メイクした方がもっとかわいくなるよ」

「えーっ、ムリムリ！」

結局……美琴に押しきられ、メイクをされたあと、近くのショッピングモールへ行くことに。

や……やばい。

学校の子に会ったら、どんな顔されるかわかったもんじゃない。

メイクをした顔はあたしじゃないけど、やっぱりあたしだ。

オネエだって笑われるかも……。

絶対、誰にも会わないようにしなくちゃ。

そう思ったあたしは帽子(ぼうし)をかぶり、マスクをした。

うん、これならバレないよね。

「お姉ちゃん、逆に怪(あや)しいよ」

「いいの！　とりあえずウィッグを買うまではこのままで」

苦笑いをする美琴を連れ、ショッピングモールに着くと、ウィッグ売り場に直行。

とりあえず黒髪ロング、前髪パッツンのやつをかぶった。

「わー、お姉ちゃんじゃないみたい」

たしかに。

メイクのせいもあるけど、ウィッグの効果ってすごい。

だけどなんか、好みじゃないなー。

そんなとき、美琴が手に取ったのは……。

「思いきって、これなんかどうかな？」

自然な栗色で、コテでランダムに巻いたようなロングヘア。

「これじゃ、まるでギャル……」

「大丈夫だよ〜、お姉ちゃん、顔立ちが大人っぽいから絶対似合う！」

美琴に押されると、弱い。

ホントに!?って、思っちゃう。

「わかった……」

しぶしぶ、ウィッグをかぶり鏡の前に立つ。

どうなの!?

自分では違和感ありありだけど、美琴は大興奮。

「きゃーっ、似合うーっ！　これください!!」

美琴が、即買い。

もうこれに決まってしまった。

ここで人に会うのもイヤだし、かぶって帰ることに。

「お姉ちゃん、お腹空(なかす)いたぁ」

……え。

ショッピングセンターを出たところで、美琴が近くの店を指さす。

「そこのファストフード店に入ろ」

「勘弁(かんべん)してぇ」

あたしは、一刻(いっこく)も早く帰りたいのに。

「お願い。ポテトだけ食べたら、すぐに帰るから」

「うーん……」

また美琴の押しに負けて、結局店に入ることに。

店内に入りレジに向かうと、周りの人があたしたちを見ている。

やばいよ、やばい。

あたし、絶対ヘンなんだ。

オネエがいるって思われてたら、どーしよう!!

「おねぇ……」

「えっ！　あたしはオネエじゃありません!!!」

思わず叫ぶと、すぐそばには、あたしの顔を見て驚いている美琴の顔が。

「お姉……ちゃん？」

ああっ!!

美琴があたしを呼んだだけか。

「なっ、なんでもない！　ポテト食べたいの？　あたしが買うよ」

「わーい、ありがとう！　お姉ちゃん」

素直に喜ぶ、こういうところも美琴の魅力(みりょく)かも。

かわいい女子には、奢(おご)りたくなる。
あの性格の悪い矢野に通用するかは疑問だけど、美琴のかわいさを学んで、実技で生かしたい。
別人になりすまし、矢野に近づいて、なんとかイケメンコンテストに出ないように説得しなくちゃ。
姿を変えても、矢野にバレるかもしれない。
けど、美琴みたいにいろいろなことに素直に反応して、かわいく笑う……そんなあたしなら、きっと矢野にはバレないはずだよね。
そんなことを考えながら、会計を済ませてポテトを受けとり、美琴とテーブル席に着いた。
「お姉ちゃんとふたりで食べるの、ひさびさだね」
そういえば、高校に入ってからは、いつも後輩たちといることが多かった。
学校もちがうし、家以外で美琴とこうして話すのはめずらしいことかも。
「うん」
「うれしーな。あたし、ずっとお姉ちゃんと一緒に買い物したり、映画行ったりしたかったんだぁ。部活だったり、友達と出かけて、いつも家にいないから……」
「そーだね」
まるで美琴の片思い!?
女の子にこんな風に言われたら、相手の男はキュンキュンするのかな。
いや、男だからキュンキュンはしないかもだけど。

でも、少なくともうれしいよね。

……覚えとこー。

「早くポテト食べれば？」

いつもの調子で、クールに突き放してしまう。

「う、うん。いただきまーす」

苦笑いをしつつ、ポテトをひとつ口に入れる。

それを静かに観察するあたしと目を合わせたあと、美琴は若干、愛想(あいそ)笑い。

ギュッと手をグーにして、唇(くちびる)の塩を軽く手で拭(ふ)く。

そんな美琴の食べ方すら、かわいすぎる。

こんなかわいい子、男がほっとくわけないよね。

きっと学校でも、美琴はこうなんだね。

同じ親から生まれたとは思えないほど、あたしと美琴はまったくタイプがちがう。

「お姉ちゃん、あたしの顔になにかついてる？」

キョトンとして、見つめ返される。

「ううん、美琴の半分でもいいから、そのかわいさがほしい……」

思わず出た、本音(ほんね)。

わざとクールに振るまってきたわけじゃない。

無骨(ぶこつ)で飾(かざ)らないスタイル……これがあたしのありのままなのに……。

美琴を目の前にすると、これでいいのかって思えてくる。

女として……あたしの生き方は、まちがってるんじゃないかって。

「お姉ちゃん、あたしなんて全然。学校でも、子どもっぽいってからかわれるよ？」
　子どもっぽい……か。
　それはただ、美琴をいじってるだけだよね。
　身内びいきと言われたらそれまでだけど、美琴はホントにかわいいよ。
「あたしは、お姉ちゃんのクールさがほしいよー。高校生になったら、少しは大人っぽいって言われるようになるかな!?」
「うん、きっと大丈夫」
「ホント!?　うれしーい」
　きゃっとはしゃぐ美琴の笑顔を見ているだけで、こっちも幸せな気持ちになれる。
　そういえば、あたし……普段からムダに笑わない。
　うれしいときは笑うけど、こんな他愛(たあい)もない話題で満面の笑みになったりはしないかも。
　美琴に限らず、女子って世間話が好きだよね。
　いたってどうでもいい話なんだけど、仲間内で盛りあがって、ただ一緒に同じ時間と話題を共有することを楽しむ。
　あたしは、そういうのが苦手かもしれない。
「はー、やんなるな」
「え？」
「ごめんね、美琴のことじゃない。あたしの……」
　──ガタッ。

　そのとき、イスを引く音が聞こえてハッとした。
　……え？
　突然、視界に現れた白いシャツの男。
　……げ。
「ここ、座ってい一？」
　ちょっと、待って！
　見知らぬ制服を着た金髪の男子高生が、美琴の隣に座った。
「いつもこの辺で遊んでる？　はじめて見る顔だな」
　食い入るように、美琴を見ている。
「やっ……」
　怖がりの美琴が、目を閉じうつむく。
　もうそれだけで、全力で拒否していることがあたしにはわかる。
　だけど、そんなものは男に通用するわけもなく……。
「超かわいい～。このあと、ここ出て俺と遊ぼーぜ」
　そんなことを言ってきた。
　こっ……怖い！
　共学になってから、男が怖いのは少しマシになったと思ってたけど……。
　この人、見た目イカついし、やっぱり怖いよ！
　美琴を助けたいのに声が出ない。
　あたし、しっかりしろ！
「こっ、こらぁ……」
　声がうわずるっ。

しかも、小さすぎ。
「コーラ？　ん、これ飲みてーの？」
金髪男が、手にしているカップを掲（かか）げる。
ち、ちがーう！
「あたしたち、もう帰るから……行こ、美琴」
文句を言うことはあきらめ、美琴の手を引き、テーブルを離れる。
だけど金髪男は、うしろからついてきた。
「いーじゃん、いーじゃん。家まで送ってやるし」
「いいってば……」
ファストフード店を出ると、男の子が数人たむろしていた。
私服もハデじゃなく、一見普通の集団に見える。
この際、この人たちに助けを求めようかな……。
男に話しかけるのは怖いけど、あたしじゃ頼りにならないし、美琴になにかあってからでは大変だよね。
「たっ、助けて！」
すると、クルリと振り返ったひとりの男の子。
その人物を見て、目が釘（くぎ）づけになった。
だって、目の前にいるのは……。
まさかの、矢野！
うしろ姿で全然わからなかった。
ってか、矢野に助けを求めるなんて、あたしも終わってる。
こんなヤツに助けられるのなんて、絶対にヤダ！

「まだ時間あんだろ？　俺と遊ぼーぜ」
　うしろからついてきた金髪男に腕をつかまれる。
「イヤッ……」
　怖い!!
　ギュッと体を縮こまらせると、あたしと金髪男の間に誰かが立った。
「イヤがってんじゃん、離してやれば？」
　顔をあげて確認すると……。
　まぎれもなく、あたしの前に立っているのは矢野。
　矢野に助けられるのだけは、イヤ！
「よっ、余計なことしないで……あたしは大丈夫」
　矢野の前に立とうとすると、意外にもやわらかい笑みを向けてきた。
「ここは俺に任せろよ。うしろに隠れてなって」
　そ、そんなこと言って。
　あとで美琴を紹介しろって言うんじゃないでしょうね！
「いいってば……」
「ねーちゃん、威勢いいね。だけど相手が悪いんじゃね？　コイツ、たぶん超しつこいよ」
　ねーちゃん？
　……あっ!!
　あたし、今……変装中だった。
　しかも、矢野はあたしだって気づいてないんだ？
「名前、なんての？　俺、矢野翔太」
　チャラいな〜……しかも、こんなときにのん気すぎる。

さすがマイペース男だよね。

っと、名前……。

どうしよう、考えてなかった。

とっさに、このファストフード店のＣＭタレントの顔が浮かんだ。

「エッ……エリカ」

名前を告(つ)げたところで、しびれを切らした金髪男が矢野の肩を荒々(あらあら)しく押した。

「テメー何者？　失せろよ」

だけど、矢野はひるむ様子を見せない。

「イヤがってんじゃん。他の女いけよ」

「はぁ？」

その言葉に反論するように、金髪男が思いっきり矢野をにらみつけている。

「矢野～、やれやれ～っ！」

うしろで矢野の友達がけしかけている。

見かけたことないし、同じ学校の子……じゃないよね？

「テメーに関係ねーだろ」

「関係あんじゃん。実際助けてって言われたし。な？　エリカ」

いきなり呼びすて？

矢野があたしを見て笑っている。

ホントのホントに、あたしだって気づいてないよね!?

からかわれてたら、どうしよう。

不安になりながらも、とりあえず黙って軽くうなずいた。

「ほらな？」
「あぁ!?　ふざけてんのか？　そこ、どけっつってんのが聞こえねぇ？」
　金髪男が矢野に食ってかかる。
　すると……。
　矢野が軽く舌打ちをした。
「あんましつこいと、俺だって怒るけど。さっさと帰れって」
「テメーに関係ねーだろ、やんのか、ゴラァ」
　ドスのきいた声で金髪男がうなる。
　あたしはビビりすぎて体が強張る。
　そして、一瞬……ほんの一瞬だけど。
　矢野の腕にしがみつきそうになった。
　一歩手前でこらえたけどね。
　こんなヤツに頼るなんて、あたし一生の不覚!!
　それだけは、絶対にしたくない。
　そう思っていたら、矢野があたしを見て微笑む。
「このにーちゃん、ちょー面倒くせぇ。軽く倒してくっから、そこで待ってろ」
　ドキッ。
　え、今のなに？
　胸に甘い痛みがキュッと走る。
　頼もしい矢野を見て、ちょっとでもカッコいいって思ってしまった？
　ううん……適当な矢野のことだから、カッコつけてるだけだよ。

それなのに真に受けるなんて、あたしもバカ。

そう自分に言い聞かせ、矢野を見守る。

この状況でよく笑ってられるよね……。

倒すなんて、本当に大丈夫なのかな？

っていうか、ケンカするとかダメでしょ!!

その前に、矢野……口ばっかで、超弱そうだけどね！

矢野が手の指をポキポキと鳴らす。

みっ……見かけ倒しなくせに。

「お〜、矢野が本気出すぞ。おもしれぇ」

うしろで、矢野の友達がゲラゲラと笑っている。

「お姉ちゃん……早く帰ろう」

今まで黙っていた美琴が、はじめて声を出した。

完全にビビりきっていて、体もふるえている。

「うん、帰ろ……」

——バキッ!!

え……。

美琴と帰ろうとしていると、そんな音が聞こえて振り返った。

ドサッと地面に崩れおちたのは、矢野。

……じゃなく、金髪男の方だった。

「やべぇ、マジで殴(なぐ)っちゃったよ。矢野の行ってる学校、元お嬢様学校じゃん。ぜってー停学(ていがく)」

矢野の友達は、そう言いつつもなぜかウケている。

当の矢野は……。

「へーキ、へーキ」

なんて言って余裕の表情。
全然平気じゃないし！
人を殴るなんて、ウチの学校始まって以来だよ!?
この暴力男！
まさか矢野が、こんなに手が早いとは。
助けてもらっといて、なんだけど……。
「もう、大丈夫だから」
あたしたちを振り返り、やんわり笑う矢野。
とりあえずこれで、金髪男は回避(かいひ)できたよね。
……ん？
いつの間にか、矢野が美琴の頭をなでている。
このままあんたが、送り狼(おおかみ)になるんじゃないの!?
一難(いちなん)去ってまた一難だよ……。
「美琴、帰ろう……」
殴ったことはいけないけど、助けてもらったことは事実。
なのにあたしはお礼も言わず、怯(おび)える美琴の腕を取って歩きだした。
「待て、待て」
やっぱり、美琴目当て？
矢野が追いかけてきた。
「なに!?」
キッとにらんで振り返る。
「礼ぐらい言えよ」
だよね……。
でも、矢野に頭をさげるのは、なんとなくイヤ。

ここはクールに突っぱねよう。
「殴ってとは、頼んでないし」
我ながら、かわいくない……。
「まー、たしかにな。じゃ、かわりに連絡先教えて」
出たーっ！
コイツは、どこまでチャラい!?
ホント、女なら誰でもいいの!?
イヤ……って言おうとして、ハッとした。
そうだよ、元はといえばあたし、矢野に近づくために変装したんだよね？
これって、いいチャンスじゃない!?
「いーよ」
「やった。あ、そっちの子も」
矢野が美琴を見る。
コイツやっぱ、抜かりないよね。
「この子はダメ！」
「お姉ちゃん……」
美琴が、不安そうな顔でギュッとあたしの腕をつかむ。
「あ、姉妹？　へー、全然似てねーな」
そうなの、似てないの。
外見も、中身も……ね。
「よく言われる。それに、美琴はまだ中学生だから勘弁して」
「そか。もっと大人になったら俺と遊ぼーな」
こらーっ、美琴を誘惑(ゆうわく)するなっ!!
そう言いたいのをグッとこらえる。

「早く連絡先、交換しようよ」

矢野にスマホを突き出すと、あっという間に連絡先の交換。

慣れてるな……。

「じゃ～な」

連絡先を登録すると、周りにいた男の子たちと一緒に、すぐに矢野は撤退(てったい)した。

意外にアッサリ。

チャラいと思ってたけど、じつはそうでもないのかな？

……なわけ、なかった。

家に帰ってご飯を食べ、自分の部屋で宿題をしていた21時過ぎ。

鳴りひびく、あたしの電話。

心愛かな？

スマホを見ると、そこには“矢野翔太”の文字が。

う、わ。

早速かけてきた!!

さっき会ったばっかりなのに、もう!?

とりあえず……出るか。

腹をくくり、スマホのボタンを押した。

アイツの秘密

『はい……』
『お〜、ちょー暗(くれ)ぇな。かわいくねー声』
　ほっといて!!
　矢野相手に、テンション高く電話に出られるかっての。
　しかも、第一声がそれ？
　矢野って、学校でのあたしに対してだけじゃなく、普段から毒吐きまくりなんだね。
　ホント、嫌い。
　なのに、どうしてモテるのか。
　きっとイケメンなだけだよね。
　性格は、最悪。
『うるさ……』
『今から遊ばね？』
　は？
　今、何時だと思ってるの!?
『いい子は寝る時間だよ』
『俺、いい子じゃねぇし。どーせお前も同じだろ？』
　矢野と一緒にしないで!!
　あ、あたしさっきまでギャルだった。
　あの髪型とメイクや服装なら、そう思われても仕方ないか。
　その方が普段のあたしとかけ離れてて都合(つごう)がいい？

『もう寝るし』
『寝る？　じゃ、お前んち行くけど』
『あたしの話聞いてた？　寝るっつってんの!!』
　なかば、キレぎみ。
　ってか、もうキレてる。
『一緒に寝よ〜』
　コイツ……ぶっ殺す。
　チャラいし、適当だし、もーホンットに……。
『ウッザ。切るね』
『お〜!!　ちょっ、待て待て！　怒んなよ』
『あんたがあたしを怒らせてるんでしょ!?』
　イライラする！
　スマホのボタンを押して切ろうとしたら、電話口で矢野のマジメな声が聞こえてきた。
『マジで今すぐ会いたい。お前の顔見ないと、寝られねーよ……今から、会いにいってい一？』
　はい？
　まるで、付き合ってるかのような言葉。
　コイツの脳(のう)みそ、どうなってるの!?
『ヤダ』
『そんな冷たいこと言うなよ〜。ほんのちょっとだから。顔見て、帰る』
　って言われても、ここまで来られると困る。
　あたしんちがバレたら、作戦続行できないしね。
　けど……。

１週間以内に矢野にコンテストをあきらめさせなきゃだし、やるなら早い方がいいに決まってる。
よし。
『……わかった。どこかで待ち合わせしよ』
外で会うぶんには大丈夫だよね？
『危ないから、迎えにいく』
いや、お前が来た方が危ないから!!
『現地集合でいいよ』
『そ？　めずらしい女だな。普通は迎えにきて～って言うぞ？』
どーせあたしは、普通の女じゃないですよ。
部活の打ちあげで遅くなった日も、後輩を家まで送りとどけたりしてたからね。
男っぽいあたしの見た目だと、襲(おそ)ってくる男もいないのだ～。
って、そんなのなんの自慢にもならないか。
『とにかく、どこに行けばいい？』
『だったら、今日の店。ひとりで来られる？』
来いっつったくせに、なにを今さら。
『もちろん』
『おし。俺、今から移動するからな。30分後ぐらい』
『わかった』
今から移動って、どこにいるんですか？
矢野のうしろは騒がしいし、家ではなさそう。
うちからは、30分あれば余裕。

きっと、あたしの方が先に着く。

電話を切り、急いで出かける支度（したく）をする。

さっきまで着ていたお母さんの服をふたたび着て、ウィッグをかぶる。

慣れない手つきでメイクを施（ほどこ）し、なんとかエリカに変装完了！

きっとこれで、あたしが白鳥美夜だとは矢野も思わないはず……。

こんな時間に出かけることなんて、めったにない。

家族には気づかれないよう、そっと部屋を出た。

バレて大騒ぎになったら大変だから、突然、心愛と会うことになったと、自分の部屋の机の上に置き手紙をした。

なんだか、罪悪感。

あたし、不良少女みたいだ。

すぐに帰るから、と自分に言い聞かせる。

これもすべて、学園の平和を守るため！

そうして、今日のファストフード店にやってきた。

さっきは賑（にぎ）わっていた店内も、今はポツポツと人がいるだけだった。

ジュースだけを頼み２階にあがると、テーブル席に腰かける。

当たり前だけど、店内から見える外の景色はまっ暗だ。

いくら作戦のためだとはいえ、あたし、こんなところでこんな時間になにやってんだろ。

べつに、明日でもよかったよねー……。
あー、眠……。
あくびをひとつ、したところで……。
――ヴァウンヴァウン、ドドドドド。
なんだか、ものすごい轟音(ごうおん)が聞こえてきた。
なっ、なんの音!?
あわてて店の外を見ると、まぶしいライトが光っている。
バイク……。
こんな時間だし、ヤンキーがウロついてそうだよね。
ハッ。
まさか今日の金髪男だったりして!?
もしそうだとしたら、怖いよ……。
店内は隠れる場所もないし、うつむいて顔をあげないでいれば、あたしだってバレないかな。
そう思って、うつむいていると……。
少しして、雑な足音を立てながら、階段をのぼる音が聞こえてきた。
う、わ。
来たーっ!!
――ガガガ……。
ひっ！
イスを引く音がし、正面に誰かが立つ気配がした。
もう、絶体絶命！
あたし、ピーンチ!!
どうすることもできず、恐怖心から手で顔をおおう。

「お待たせ」

待ってない!!

さっさと帰って。

「顔、あげろよ〜。どんな顔だか、じつは忘れちゃって」

強引に手を取られ、顔から引きはがされる。

「イヤァッ!!」

「おー、思い出した。やっぱ、超タイプ」

え……。

絶体絶命だと思っていたあたしの全身から力が抜けた。

そして。

――チュッ。

……あ、れ。

あれれれ!?

バッとあわてて口を手でおおう。

や……今の、なに？

唇に、やわらかい感触と……チュッていう、リップ音。

「ごめんな、かわいすぎて食べちゃった」

そして、目の前で悪びれずに笑うのは、金髪男じゃなくて……。

矢野翔太だ。

「きーっ、スキスキスキス……」

「あ。俺のこと、もうそんな好き？　俺も〜」

ちがーうっ!!

「きっ、キスした!?　ちょっ、テメーぶっ殺す!!」

あたし、今キスされたの!?

　そうだよ、キス……。
　な、泣きたい……。
　はじめてだったのに、相手が矢野なんて……。
「尋常(じんじょう)じゃないな～。かわい一子が､ぶっ殺すとか言っちゃダメっしょ」
「あんたが言わせたんでしょ!?」
「引力が働いた。魅力的なお前が悪いんじゃん」
　なっ……。
　コイツはホント、なにを言っても、聞く耳持たないってやつだよね。
　まともに取り合う方が、ムリなのかも。
　ここは、冷静に……。
　なれるかーっての！
「最悪なヤツ」
「フッ」
　笑ってるし！
　あー、もうヤダ。きっと、まともに会話できない。
「帰る……」
　このまま一緒にいたら、なにされるかわかったもんじゃない。
　席を立つと、引きとめられた。
「バーカ、せっかく会えたのに逃がすかよ」
　思ったよりも、力強い手。
「痛っ……」
「あ、そ。痛い？　逃げるなら、もっと痛くしようか？」

はぁ!?
普通はここで手を離すんじゃないの？
コイツは、あたしを挑発(ちょうはつ)するかのように軽く笑みを浮かべるだけ。
くーっ！
矢野のバカー！
そうは思うけど、これ以上痛いのなんてイヤすぎる。
コイツ、容赦なさそうだし。
「わかった……」
おとなしくなると、すぐに手を離された。
「素直だな。いい女」
「…………」
あんたの言う“いい女”って、性別が女ならなんでもいいんだよね？
「で、なんの用だった？」
「なにってー。顔見て話したかっただけ」
さっきとはうってかわって、頬杖(ほおづえ)をつきニコニコと笑う。
顔見て……って、彼氏でもないのに。
「そんなに……あたしに、会いたかった？」
寝られねーって言ってたもんね。
ギャルのエリカに夢中なら、今のあたしの言うことならなんでも聞くかもしれない。
これは、しめたもの？
キスのことはくやしいけど、今は忘れよう。
とりあえず、コイツを手なずけることから始めようかな。

「会いたかった。どんな顔だったか思い出せなくてな？　気になって眠れねぇ」
　そういうこと!?
　そういえば、顔忘れたってさっきも言ってたかも。
「それだけのために、あたしはここまで来たの!?」
「だーから、迎えにいくっつったじゃん」
「最初からそう言いなさいよ」
「そか。だけど、そんな怒ることか？」
　おい！
「怒るに決まってるでしょ！　こんな時間に呼び出して」
「いーじゃん、どーせいつもフラフラ出歩いてるんだろ？」
「まさか！」
「隠すなって。見た瞬間わかったぞ、こっち側の人間だって」
　は？
　こっち側ってなに？
「あっ、いけね〜。俺、もう足洗ったんだった」
「足洗ったってなに!?」
「グループ抜けたしなー。マジメに生きるって決めたんだよ」
　グループ？
　あんたのどこがマジメなわけ!?
　女をとっかえひっかえ、あれをフザけてないというなら、元のあんたは何者？
「あんたと一緒にしないで」
「ちがうのか。へー、その見た目で？　威勢もいいけどな。

虚勢(きょせい)張ってるだけか」

「べつに、そんなんじゃない」

「ふーん」

　なにか言いたげに、頬杖をついてあたしを見る矢野。

　……あたしが白鳥美夜だって、バレてないよね？

　なんだかいつも余裕で、すべてを見すかしているような、その瞳が……少し、怖い。

「お前ってー……こーやって見ると……」

　ドキッ!!

　バレた!?

「な、なに？」

「妹より、いいな」

　……は？

「どーいう意味よ」

「ん、最初見たときは、妹の方がかわいいって思った」

　やっぱり、美琴を狙ってたんだ!?

　矢野なんかに、絶対渡さないんだから。

「ちょっ……美琴に手ぇ出さないで。まだ中学生だから」

「わかってる。でも、こーしてると、お前といる方が俺らしーな」

　適当なこと言って、あたしの気持ちをつかもうったって、ムダだからね？

「ますます意味わかんない」

「ま……いーか。俺、今結構ムリしてっから。なんか、お前といると安らぐ」

なに言っちゃってんの？
あんたの周りはあたしを含め、全員ムリしてますけど？
学園全体をかきまわしておきながら、よく言う。
あんたに振りまわされるのはもうこりごりだって、きっとみんな思ってるはず。
ホント、自由奔放、マイペースな男だよね。
「帰るか。家、厳しい？」
「そんなんじゃないけど……」
「やっぱ、送ってく」
「いいよ、歩いて帰るから」
先に店を出ると、矢野が追いかけてきた。
そして、店の前に停めてあったバイクにキーを差した。
「それ……あんたの？」
「そ。俺の愛車。乗せてやってもいーけど」
「は？　ふたり乗りするつもり!?　ってか、免許……」
ウチの学校、バイク禁止だよ！
見つかったら、絶対に停学。
「免許あるっつの。いくらなんでも、無免はないなー」
「まさか、中学のときから乗りまわしたりしてないよね!?」
だって、どう見ても年季の入ったバイク。
ナンバープレートは折れまがってるし、なんかよくわかんないハデな落書きもあるし、矢野っていったい……。
「アハハハ。ま、想像に任せるわ」
「笑ってる場合か！　あんた、その笑い……絶対乗ってたよね」

「乗ってね～って」
「っていうか……まさか、ヤンキーなの？」
　学校での矢野は、女が大好きで浮わついた、ただのチャラ男。
　見た目もヤンキーには見えないけど、それに加えてヤンキーだとしたら、もうこれでコンテストの欠場は決まったようなもの。
　ウチは、伝統ある学校だからね。
　現役ヤンキーが在学してるなんて、きっと先生たちが放っておかないはず。
　問題が起きたら大変だし、コンテストに参加させるはずもない。
「だから足洗ったっつったじゃん。やめたんだよ……もう」
　なんだかちょっと、辛そう。
　急にどうしたの？
「そこ、笑うところじゃないの？」
　抜けられてラッキー、みたいな。
　だってヤンキーの世界って、怖そうだし。
「は～？　お前、おもしろいこと言うな。ぜんっぜん、笑うところじゃねーし。むしろ泣きたい」
　矢野があたしの頭をグーでグリグリしてくる。
「いっ、痛っ!!」
「なんも考えたくない時間ってねぇ？　ただ、友達と会ってバイクで走って、無（む）になんだよ……そーいうときって」
「友達と会ったら、無じゃないよね。楽しいし、逆に頭活性化しない？」
「そーだな……ま、そーいうときもある」
「わけわかんない」
「わかんなくていーよ。お前、バカだろ」
「は!?　バカじゃないし!!」
「そう言うヤツは、だいたいバカなんだよ」
　むっか～！
　女のことばっかり考えてるような矢野に言われたくない！
「そんな言うなら、やめなきゃいーじゃん」
「そうできない事情がある」
「事情？」
「ウチの学校、勝手に名門女子校と統合してさ。さすがにヤンキーはないかと。で、髪も黒くしてイメチェン」
　たしかに、ウチの学校でヤンキーは浮くよね。
「黒く……って、前は？」
「金」
「きっ、きっ、金!?　そんな人ホントにいるの!?」
「はぁ～？　お前、マジで遊んでねーんだ？　それとも、俺をからかってる？」
　ドラマでは見かける金髪も、あたしの周りにはひとりもいない。
　……いや、そういえば今日、金髪男に絡まれたんだっけ。
　それを思い出した瞬間……。
「テメーの脳みそ、どーなってんの？　さっき金髪に絡まれてたろ……。天然？　いや、やっぱ俺がからかわれてんのか」

矢野に、ツッコまれた。

ですよねー。

「んー、その前に……女子校と統合の方に食いつかね？　やっぱお前、天然で決定ー」

「あっ、あたしは天然じゃない！」

「さっきキスしたときだって、一瞬ボーッとしてたじゃん。なにされたか、わかってた？」

「わかってるに決まってる！」

……ホント言うと、わかってなかった。

心愛に見せてもらったケータイ小説の主人公バリに、天然かましてた自分に驚く。

それにしても、あんな不意打ちって、ない。

思い出したら、なんだか涙が出てきた。

初キスの相手が矢野でくやしいし、あのときどうすることもできなかった自分に、一番腹が立つ。

「あ～、そこで泣く？　わかったって、天然じゃねーから」

「そうじゃない!!!」

ったく、ホントにコイツは……。

「だったら、なんで……」

「なんで!?　そんなの当然でしょ!?　好きでもない相手にキスされて……しかも……はじめてだったのに……うっ」

まさか自分がこんな風に、人前で泣くとは思わなかった。

一度涙がこぼれたら、不思議と次々に流れだす。

「わっ、マジかよ……おい、泣くなって……」
　矢野があわててあたしの顔をのぞきこむ。
　あたしだって、泣きたくないよ。
　なのに、どうしても止められない……。

　その場に座りこみ、一通り泣いて涙が引いたあと、顔をあげると……。
　矢野が、黙ったままあたしのそばに立っていた。
「ウソ……まだいたの？」
　店の前はそれなりに人通りがあるのに、泣いている女の子の隣にいるって、どんな気分だったんだろう。
　てっきり、もう帰ったのかと思った。
「まだいたのって、バイクの音聞こえたか？　やっぱお前、天然」
　うっ……。
　バカにすんな！って言おうとしたとき、矢野があたしの隣にしゃがんだ。
　そして､顔をのぞきこむと……親しみあふれる顔で笑う。
「なんで笑ってんの？　ホントあんたってムカつく……」
　そう言うけど、矢野の表情は変わらない。
「お前って、見かけによらずピュアなんだなー」
「見かけによらずって、なによ」
「相当遊んでるって思った」
「まさか」
「今泣いた分、全部俺が受けとめるから。俺のこと、好きになれよ」

……はぁ？

やっぱりコイツ、頭がおかしい。

チャラいにもほどがある。

あたしは傷ついて泣いてるのに、まったくわかってないし。

「なんであたしが……」

「今ちょーど彼女いねぇし」

いや、屋上で一緒にいた女はなに？

「ウソばっか……」

「マジだって。なかなかコイツだっていう女が現れなくてさー……けど、お前とならうまくやれそう」

よく言う。

あたしはあんたの本性を知ってるんだからね！

２股、３股余裕でかけて、泣いてる女の子たちがたくさんいるのに！

あたしがなにも知らないと思って、こんなこと言って、ふざけるにもほどがある。

「チャラそう……」

「え、俺？　全然」

ウソつけー！

「ヤンキーだったのに？」

「ハハッ、関係ねーじゃん」

たしかに、そうだけどね。

ヤンキーだからって、みんながチャラいとはかぎらない。

けど……。

「信用できない」

「ま、そうだよな。今日会ったばっかだしなー。ここは、時間かけるか。またここで会える？」

いや、時間をかけてる暇(ひま)なんてない。

イケメンコンテストは、来週。

あたしはそれまでに手を打たなきゃいけないんだ。

「あたし……恋愛とか、今それどころじゃないの」

少しうつむき、声を小さくする。

「え？」

矢野はあたしの声を聞きとろうと、さらに顔の距離(きょり)を縮めてくる。

ちっ、近い。

思わず顔を背けた。

自然と体を寄せてくる矢野から離れるように、矢野とは反対の方へとおしりをずらす。

「じつはね、妹が病弱で……親は妹にかかりっきりだから、家のことはあたしが全部しなきゃいけなくて」

ちょっと唐突すぎるかな？

でも、青井くんのアドバイスどおりに言ってみる価値はあるよね。

「お前の妹って……今日の？」

「そう」

「元気そうに見えたけど？」

「そっ、それは。少し前に退院して、今日はひさびさにショッピングしたり、外でご飯食べたりして……あの子も結構はしゃいでたから」

　すると、矢野の顔がかすかに歪(ゆが)んだ。

　ううっ、やっぱこの言いわけ、苦しい!?

　だよね、ウソつくのって難しい～！

　次になにを言おうか考えていたら、矢野があたしの手を取った。

「わっ、なにするの!?」

「俺でよかったら、なんでも言えよ。協力する」

　え！

　もしかして、信じた？

　作戦、大成功!?

「あ、りがと……」

　まさか、ホントに信じるなんて。

　矢野って、思ったよりピュア!?

「妹、もう大丈夫なわけ？　再入院するような病気か？」

　矢野の表情は、真剣そのもの。

　さすがにあたしにも、罪悪感が芽生(めば)えてきた。

　青井くんが言ってたよね……。

　矢野って、弟のことで苦労して育ってるって。

　だけど、こんなに食いついてくるとは思わなかった。

「ううん……もう大丈夫だと思う。元気になったから」

「そっか……よかったな。お前も、辛かったろ」

　まさかの、まさか。

　矢野が、あたしを抱きしめてきた。

「やっ、やめてよ……」
「悪い、つい……。だけどさ、こーやってると……ホッとしねぇ？　人の温もりって……生きてるんだって……実感する……」
「はぁ!?」
「ウチも弟がいて……入退院繰り返しててさ、こういう話聞くと、他人事とは思えねーよ」
ずっと知りたかった、矢野の弱点。
それを知って、そこにつけこめばいいと思ってた。
だけど……やっていいことと、悪いことがあるってことに、今さらながら気づいてしまった。
いくら学園の危機を救うためとはいえ、矢野の気持ちをもてあそんで……これって、最低なことだよね。
「…………」
なにも言えないでいると、矢野がため息をついた。
「家にひとりでいると……すげぇ不安になる。だから、なにも考えないために……夜遊びしたり、な？　だけどヤンキーやめてからは、それさえできねーから……正直に言うと、女で憂さ晴らししてた」
まさか、そんな事実が？
コイツのチャラさは、筋金入りなんじゃないの？
だって、ウチの学校に来てから何人の女の子と付き合った？
ただの憂さ晴らしにしては、やりすぎじゃない？
「くだらねぇ内容で、家族の愚痴言うヤツとかいんじゃん。

お互い健康で、今そこにいることがどれだけありがたいことかわかってんのかって、説教したくなる」

　や……ちょっと待って。

　こんなの、あたしの知ってる矢野のキャラじゃない。

「なんかここ最近、付き合う女そーいうヤツばっかで。ウンザリしてたとこ」

　ウンザリ？

　とてもそうは見えなかったけど？

　ただの気まぐれで、付き合ってフッての繰り返しに見えた。

「そんなこと言って……モテそうだよね」

「そこは否定はしねーな。相手なら、いくらでもいる」

　おいっ。

「だけど、誰と付き合っても……俺ん中、満たされねーの。いつも上(うわ)の空だな」

「家族の愚痴を聞くのがダルいだけとか……？」

「それもあるな。ホントに好きなヤツなら、ただ一緒にいるだけでいーのにな。女がさ、ムリに話題を作ろうとしてんのも苦手。俺のこと知りたいって、いっぱい質問すんのに、次の日また同じこと聞いてきたり。覚える気がないなら、聞くなっつの」

　きっ、厳しい……。

　あたしも、何度も同じこと聞くかもしれない。

　矢野って、意外すぎる……。

「だったら、女の子で憂さ晴らしって……あんま意味なくない？」

　そんなことしても、矢野はずっと満たされないままな気がする。

「だな。だから、コクられて付き合うけど、すぐ別れてー。俺、学校でどんどん女に恨まれてる。そーだ、同じクラスに、すげぇ怖い女がいてさ」

　ドキッ。

　それって、あたしじゃないの!?

「怖い女って？」

「見た目、男なんだよなー。やたら俺に突っかかってくる」

　いやいや、ちょっかい出してくるのはそっちでしょ!?

　そう言いたいのを、グッと我慢。

「もともと、女子校で王子だったって。俺に女取られて、怒ってやんの」

　ち、ちがーう!!

　あたしが怒ってるのは、そこじゃない！

　フラれた女の子たちがかわいそうだからだってば。

「女取られてってー……そんな理由じゃないんじゃない？さすがに」

　思わず、苦笑い。

「わっかんね。サバサバしてっから、そーいうとこは好きだけどな」

　え、矢野ってあたしをそんな風に思ってたの？

　てっきり、天敵だと……。

「ま、そいつは女として見られねーから対象外だけど。どっちかつーと、優しい女よりお前みたく尖ってる方が好き。だから、俺と付き合わねー？」

……ん!?

結局その話に戻るわけだ。

コイツ、やっぱあなどれない。

「しゅ……趣味、悪いよね……尖ってる方が好きって」

「そぉか？　そーいう女、落としたときの達成感ってハンパねぇ」

そっちか！

「あたしをゲームの対象にしないで」

「そんなんじゃねーって。好き、マジで好きんなった」

「はあぁ!?」

もう、どこからどこまでがホントなのか、わからなくなってくる。

コイツ、理解できない……。

「そーいう、誰にでも好きって言うような人、信じられるわけない」

立ちあがり、スタスタと歩きだす。

矢野は、バイクを置いたままあわてて追いかけてきた。

「待てよ、やっぱ送ってく」

「いーよ。バイク、置いたままじゃん」

「徒歩で帰れる距離だろ？　また取りに戻ればいーし。つか、お前学校どこ？　この近くって……」

ギクッ。

そんなの、言えるわけない。

「なんで教えなきゃなんないの？　あんたなんかに、絶対教えない」
「へー。ま、そう言ってられんのも今のうち。俺の情報網なめんなよ？　すぐ調べるから」
　矢野がニヤリと笑う。
　う……。
　本当に突きとめられそうで怖い。
　まぁ、最終的にはバレてもいいけど、とりあえずコンテストが終わるまでは素性を知られるわけにはいかない。
　この格好で外を出歩くのは、これっきりにしよう。
「ねぇ、もしあたしのこと好きなら……それを証明してよ」
　矢野を出場させないために、思いついたことを試しに言ってみる。
「へ？」
「チャラそうだけど、女と接触持たないって約束できる？　そうだな……１週間、学校に行かないで？　そして、あたしにもいっさい連絡しない。ちゃんと女断ちができたら、認めてあげる」
　ムリ難題、突きつけてやる！
　矢野が学校を休めば、コンテストにも出ることができないし、勝利はあたしのもの。
　……フフフ!!
「ま、いーけど」
「え!?　いいの」
「もちろん」

あまりにアッサリ認めるから、あたしも拍子抜けしちゃう。
「そ……そう。絶対に、学校に行っちゃダメだからね？」
「りょーかい」
よっしゃー!!
勝利は、もらった。
「わかった？　忘れちゃダメだよ」
「おう。とりあえず、約束のキス……」
突然あたしの前に回り、顔を突きつけてくる。
「ぎゃーっ!!　なんの約束!?　それに、さっきのキスでどれだけあたしが傷ついたか、全然わかってないよね」
矢野の不意打ち、寿命（じゅみょう）が縮まるっ！
ただでさえ男に免疫ないのに、こんなのってない。
肩を上下させ、怒りをあらわにするけど、矢野の表情はゆるいまま。
「俺だっていろいろ犠牲（ぎせい）払ってんのに。条件突きつけるだけとか、悪魔だな」
悪魔……。
そういえば、出会った初日にコイツに言われた言葉。
悪魔みたいな女……。
あんたは今、その悪魔を好きだって言ってるんだからね!?
尖ったところが好きだって言うけど……背格好や声、顔や発言だってあたしそのまま。
なのにコイツは、見た目がギャルになっただけで、あたしを好きだなんて言う。
　いったい、あたしのなにを見てるの？
「悪魔で結構。そんな女に、好きって言ってるのは誰？」
　そう言うと、矢野がふにゃっと笑った。
「俺です」
　ったく……コイツは。
「またね」
　矢野を振りきるように走りだした。
「おいっ、待てよ!!」
　矢野に追いつかれるような、あたしじゃない。
　当然、あっという間にヤツを引き離した。
　楽勝!!
　これで、学園の未来はもらった。

☆
☆
☆
☆

第2章

イケメンVSオネエ!?

空白の１週間

矢野と約束した日から３日目の昼休み。
クラスの女の子たちは、矢野の話題で持ちきり。
「矢野くん、また今日も休み？　なにかあったのかな。今まで一度も休んだことなかったよね？」
たしかにアイツはいつも健康そうな顔をして、これまで風邪(かぜ)を引くことなんて一度もなく。
嵐だろうが、台風だろうが、必ず学校に来ていた。
それが、３日も学校を休んでいる。
もうこれは、一大事とばかりに大騒ぎになっている。
その理由を知っているのは、あたしだけ。
フフフ……。
矢野は、このままコンテストまで休み続けるんだから。
あの適当男が約束をちゃんと守るなんて、意外だよね。
だけど、気になることがひとつ。
不思議なことに､同じ日から寿くんも学校を休んでいた。
……運命共同体？
まさか、口裏合わせて一緒に休もうってことにしたとか？
さすがに、そんなことはしないか。
寿くんは関係ないもんね。
それとも、ホントになにかあった？
無断欠席とはいえ、事故とかなら学校にも特別な連絡が入るはず。
　周りのウワサでふたりとも風邪だとは聞いてるけど、ホントのことはあたしにもわからない。
　さすがのあたしも、少し気になってきた……。
　あの約束の日から、矢野からは一度も連絡がない。
　あたしも連絡しないでって言ったし、守ってる？
　ううん、あのストーカー的な男なら、毎日何度でも連絡してきそうなもの。
　今日、メール入れてみようかな……。
　そう思っていたら、教室に寿くんが現れた。
　いつもどおりの、白王子のさわやかで明るい表情を見て、ホッと心をなでおろす。
「寿くん、久しぶり〜！　風邪、大丈夫？」
　女の子があっという間に寿くんを取りかこむ。
「風邪？　あ〜、じつはちょっと野暮(やぼ)用で」
「えー？　教えてよ〜」
「なんでもないって。学校だって、たまに休みたくなるじゃん？」
「それにしても、休みすぎだよ〜」
　女の子の言葉にうなずき、笑顔を返す寿くん。
　そして女の子たちの輪をかきわけ、あたしの方へと歩いてきた。
　う、わ。
　どこかに逃げなきゃ！
　寿くんのアプローチは、矢野以上に苦手。

スルーしてもひるむことなく、ただストレートに気持ちをぶつけてくる。

逃げられない感がハンパないのもあるけど、女の子扱いされるのが、なんだかくすぐったくて……。

あたしの性格的に、どうにもムリ。

「美夜ちゃ〜ん、会いたかった」

来たよ……。

「もっと休めばよかったのに」

ホントはそんなこと思ってないけどね。

心配はしたよ？

大事がなくてよかったと思ってる。

けど、あたしって素直じゃない。

「ひどいなぁ〜、会いたいって思ってたのは俺だけか」

冷たく突き放したのに、寿くんは全然めげない。

そんなはずかしいこと、真顔で言わないでほしい。

そんなあたしたちを見て、周りの女子は微笑ましそうにしている。

今までは女の子たちの視線が突き刺さっていたけど、あたしに付き合う気がないってわかると、妬(や)かれることもなくなった。

相手はあたしだしね？

まったく危機感を持たないで、正解。

話す気がないことを示すために、そのまま黙ってうつむいたのに、寿くんはかまわずあたしのうしろ……矢野の席に座った。

　そして前を向いたままのあたしのうしろで、一方的に話しはじめる。
「いや〜、まいった。こんなに休むつもりはなかったんだけどさ」
　誰に向かってしゃべってるの？
「翔太から、なんか連絡ない？」
　少し声のトーンを落とし、そっとあたしの背中に話しかけてくる。
　え……。
　今、なんて言った？
　ドクッと心臓が波打つ。
　まさか、あたしが矢野と連絡先を交換したのを知ってる!?
　そして、エリカになって矢野と会ったことも。
　ギクリとしていると、寿くんがあたしの背中を揺さぶった。
「あるわけないか〜。連絡先、知らないもんな」
　びっ、びっくりした……。
　今の一瞬で、いろいろ考えたって！
「矢野も休んでるけど……寿くんは、どうして休んでたの？」
「夜ふかしして、朝起きられなくての繰り返しで。さすがに今日は、昼から来てみた」
　なっ……そんな理由!?
　あきれた……。

きっと、矢野もそうにちがいない。
「翔太も、やっぱ学校来てねーんだな……アイツ、連絡しても返事来ねーの。大丈夫かな」
「大丈夫って？」
「あー……いや、べつに……」
めずらしく、寿くんが言葉を濁(にご)した。
き、気になるじゃん!!
「なに？」
うしろをクルリと振り向き、寿くんと目を合わせる。
うっ……。
自分からそうしたものの、やっぱりムリ。
あわてて、ふたたび前を向く。
男の子と目を合わせるのはまずムリだけど、寿くんの包みこむような眼差(まなざ)しが、痛い。
好きって言われてるだけに、意識するとダメ。
やっぱりなんか緊張する。
「美夜ちゃん〜。やっと俺の目ぇ見てくれたと思ったのに。どんだけイヤがんだよ〜」
イヤがってるのもあるけど、それ以上に、はずかしいんだってば！
男性恐怖症って、共学だと死活問題だ。
そのくせ、どうして矢野とはうまく話せるのか、あたしにもよくわからないんだけど。
「矢野、学校がイヤになったとか？」
「だったらいーんだけど。翔太、人がいるところの方が好きだからな。連絡つかないときはさー、地の底まで落ちてるかも」
……え？
さっきはムリって思ったけど、今はそんなこと考える余地もなく、寿くんを振り返っていた。
「どういうこと？」
「ちょっとね」
「ちょっとじゃない！　そこまで言うなら全部話して」
「俺も、はっきりとはわからないけど……前に、家族に心配事があったときがあって。翔太、なにも飲まず食わず、部屋の隅(すみ)でうずくまってた」
「あの矢野が……？」
「なんか、1回そのモードに入ると、とことん落ちるみたい」
「ま……さかぁ」
「普段明るくて、喜怒哀楽(きどあいらく)が激しいヤツって、意外に危ない。その典型(てんけい)的なパターン」
そんな……。
まさか、あたしが学校に来ないでって言ったから？
家にひとりでいると、悪い方に考えるって言ってたよね。
友達と話すと気がまぎれる、女で憂さ晴らし……すべてをシャットダウンさせてしまった今、あたしが矢野のモードを悪い方に切り替えちゃった？
「ちょっ……そんなこと言われると心配になるよ。もっと何度も矢野に連絡してみないの？」
「んー。もしちがったら、鳴らしすぎてあとで怒られんのもヤダし」
「そんなこと言ってる場合？　３日だよ、３日。そんなに連絡つかないなんて、異常」
「……美夜ちゃん、たしか翔太のこと嫌いだよね？　どうしてそんなにムキになるの？」
うっ……それは。
原因を作ったのがあたしかもしれないから。
あんな強靭（きょうじん）な男が、そこまでメンタル弱いなんて思わないし。
「あたしは……クラスメイトとして心配してるだけ。そんなの普通だよね？」
きっと、学校を休んでなんて言ってなければ、矢野の心配なんてしなかったはず。
今は、あたしのせいかも……と思うだけで、不安でたまらない。
それを、寿くんに言うわけにもいかないんだけど……。
「普段は翔太と言い合いしてるけど、こういうときホントの性格がわかるよな。やっぱ、美夜ちゃんは優しいよ」
そう言われると、なんだか辛い。
これは、矢野への優しさってわけじゃないから……。
「そうでもないよ」
「ま、きっと翔太なら大丈夫。そのうちひょっこり現れるはず」
３日休んでも、のん気に笑っているくらいだから……以前もこういうことがあったのかな？

　寿くんの言うように、なにごともなく戻ってくるといいんだけど。
「はーっ」
　めずらしく、寿くんがため息をついている。
　やっぱり矢野のことが心配でたまらない？
　首を傾げていると、寿くんが眉をさげて困り顔をしている。
「どうしたの？」
「美夜ちゃんが翔太の心配するから、なんか妬けた」
「ええっ？」
「久しぶりにちゃんと話せたと思ったら、翔太の話ばっかだ」
　そ……そんなこと!?
　あたしはただ、自分のせいで矢野が休んでるんじゃないのかって気にしてるだけなのに。
「矢野はあたしの天敵だよ？　ホントはケンカ相手がいなくてせいせいしてるんだから～」
　軽くそう言うと、それで納得したのか、寿くんはそのまま自分の席へと戻っていった。
　ホッ。
　それにしても。
　矢野……ホントに大丈夫なのかな。
　今からちょっと、連絡入れてみようか……。
　心配になり、スマホを取り出す。
　だけど、なんて送る？

結局……メッセージを打つことはできなかった。

昼休みが終わったあと、授業中もずっと考えていた。

矢野なんて……落ちるところまで落ちればいーじゃん。

あんなヤツ……。

そうは思うけど、もしあたしのせいだとしたら、かなり責任重大。

ううん、矢野のことだから、きっと学校を休んで遊びほうけてるに決まってる。

ひさびさにバイクを乗りまわしてるかもしれないし、バレなきゃいいって、この前の屋上での出来事みたく、今も女と一緒にいるかもしれない……。

そうだよ、あんなヤツ……どうだっていいんだ。

心配するだけ、ムダ。

いったいあたしは、どうしたいの？

矢野を心配しているのか、自分の罪悪感をただ消したいだけなのか、ホントにあんなヤツのことは、どうでもいいのか……。

いろんなことを考えては、すべてを振りきるように、一度頭をクリアにする。

それでもやっぱり、脳裏(のうり)に浮かぶのはアイツのことばかり……。

や……もぉ、ムリ。

こんな精神状態だと、あたしヘンになっちゃう。

その日の夜……あたしはとうとう、矢野にメッセージを送った。
　もちろん、エリカとして。
《あたしとの約束、守ってる？》
　たったこれだけ。
　それでも、返事があったら、あたしのせいじゃなかったんだって安心できる。
　寿くんは返事がないって言ってたよね。
　エリカには来るかな？

　１時間待つけど、矢野からは連絡なし。
　……こんな内容じゃ、ダメか。
　学校に行くなって言われることが、矢野にとって重大なことなら、その約束を取り消すのがあたしの役目。
　コンテストのことより、まずはアイツの安否（あんぴ）確認だよね。
　落ちこんで部屋にうずくまってるなんて、想像もできないけど、もしそうだとしたら……。
　それ以前に、元気のないアイツなんて、矢野らしくない。
《連絡ないけど、大丈夫？　早く学校に来て》
　思いつめたあたしは、こんな文章を送ったあと……青ざめた。
　学校に来て、はないよね!?
　これじゃあまるで、同じ学校って言ってるようなもんだよ……！
　あぁ、どうして送る前に確認しなかったのか。
　メッセージを見ては、何度も後悔するけど、時すでに遅し。
　そして待つこと、数時間。
　やっぱり、矢野からの返事はなかった……。
　気になりつつ、ベッドに転がっていると、そのまま眠ってしまっていた。

　朝、目が覚め……スマホを確認して、ため息ひとつ。
　矢野からのメッセージはもちろん、着信だって１件もない。
　ホントに大丈夫じゃないかも……。
　どうしよう、あたしのせいだ。
　なんだかそう、確信した。
　メッセージの失敗でやきもきしていたことも、すべて帳消しに。
　なんでもいいから、今はとにかく連絡がほしい。
　あたしはそう願い続けた。

「美夜ちゃん、おはよ。どした？　顔色悪いけど……」
　登校するなり、門のところで寿くんに遭遇。
「べつに……あ、そーだ。矢野から連絡あったの？」
　あたしには、結局なかった。
　それを残念に思ってるとか、寿くんには言えない。
「ないな……っていうか、やたら翔太の心配するよな〜」
「べつに。昨日も言ったけど、クラスメイトだし」
「そか。美夜ちゃんは優しいからね。昔もさー、木にのぼっておりられなくなった俺を、助けてくれたよね」

……へ？

そんなこと、あった？

「覚えてない……」

「ええーっ!!　ウソだろ」

「ごめん、まったく……」

あたし、もともと記憶力(きおくりょく)いい方じゃないしね。

あきらかにガッカリしている寿くんには大変申しわけないけど。

「俺なんて、昨日のことのように思い出せるのにな。美夜ちゃんがヒーローみたく現れて、すぐに助けてくれた」

へぇ……あたしが、ヒーロー。

「白王子にそう言われて、光栄です」

ぺこりと頭をさげると、寿くんが吹いている。

「覚えてないくせに」

「だね」

ふたりでクスクスと笑い合う感じが、なんだか心地いい。

うん、邪魔して悪態をつく矢野がいないから？

ストレスフリーで、なんだか女子校のときに戻ったみたい。

そうは思うけど……こんな形で矢野が現れなくなると、頭から離れなくて、ホント困る。

なんてことない顔して、さっさと学校に来てほしいよ。

途中で寿くんは他の友達と合流し、購買(こうばい)へ行ってしまった。

あたしはひとりで教室へ向かい、席に着くと、やっぱり矢野は来ていなかった。
ホント、心配だな……。
授業中も、なんだか上の空。
矢野、今頃どうしてるんだろう。

結局、そのまま数日が過ぎた。
とうとう明日は、コンテストの日。
連絡もないまま、矢野はずっと休み続けていた。
矢野が学校に来ないなら、例の賭けはあたしの勝ち。
だけどこんなの、卑怯じゃない？
最初に卑怯な手を使って青井くんを使って心愛を陥れようとしていたのは、矢野の方。
けど、これだと、あたしもやってることは変わりない。
矢野の弱みにつけこもうとしたわけだし。
あれから矢野には、メールしてない。
もちろん返事もまったくない。
どうしよう、もう一度……送ってみようか。
夜になり、スマホを手にする。
あたしは思いきって、矢野に電話をかけた。
――トゥルルルルルル。
何度かコール音を鳴らしたあと、電話を切った。
やっぱり出ないな……。
出会った場所まで、行ってみる？
そうだね……会えるとはかぎらないけど、行かないよりはいいかも。

　矢野の家も知らないし、行ってみるか。

　もうお風呂に入ったあとだけど、出かける支度をしていると、美琴に見つかってしまった。

「お姉ちゃん、どこに行くの!?」

「あー……ちょっと、コンビニ」

「だったら、あたしも行くよ」

「ううん、もう遅いし美琴は家にいて」

　20時すぎてるからね。

「あ、これこれ！　忘れてるよ」

　美琴がウィッグをあたしに手渡す。

　なんでそれが必要？

「いらないよ～」

　いつものあたしの方が、夜道を歩くには都合がいい。

「いいからかぶって。あの日以来、女の子レッスンしてないよね!?　せっかくアドバイスしたのに!!」

　美琴は頬をふくらませてぷんぷん怒っている。

　そんな仕草さえも、かわいらしい。

「美琴が怒っても、全然怖くないよー」

「お姉ちゃん、ジャージで外出とかありえない。エリカちゃんなら、もっとかわいいコーデで出かけるよ？」

「へっ、エリカちゃん？」

「そうだよ。ウィッグかぶって、エリカって女の子になりきろうとしてるんだよね？」

　なりきる……まあ、まちがいではないけど。

そういえば、美琴にはエリカだって名乗った経緯を説明してなかったし、なにかをカンちがいしてるなら都合がいいよね。

このまま、話を合わせようかな。

「コーデはあたしに任せて！」

あれよあれよという間に、美琴先生の女の子レッスン。

お母さんの部屋から服を持ってきて、軽くメイクされる。

ふたたびあたしは、エリカに変身した。

二度目のキスは恋の媚薬

美琴の勢いに押され、かわいい格好で出歩く。
首周りの開いたオフショルダーのカットソーに、ミニスカート。
……スカート、短っ。
首もとも、スースーする。
いつもとちがう自分に、歩き方すら女の子らしくなった気がする。
通りすぎる人、みんながあたしをチェックしてる？
さっきから、周りの視線を感じるんだけど……。
いや、気のせい。
変装してるなんて、知らない人にバレるわけないよね。
気を取りなおし、例のファストフード店へと急ぐ。

店内に入ると、もちろん矢野はいなかった。
そりゃ、そうだよね……。
ひととおりお店の中を見まわしたあと、静かに店を出た。
矢野……どこにいるんだろ。
ホントに大丈夫なの？
家も知らないしな……。
ってか、知ってたとして、行く？
そんなの、ありえない。
だけど心配だよ。

どうしようか……。

駅前にある自動販売機の前で立ちつくす。

うん……やっぱり、電話してみよう。

――トゥルルルルル。

何度かコールするものの、出ない……。

あきらめてはまた、かけなおす。

お願いだから、出て？

必死の願いも虚(むな)しく、やっぱり矢野とは連絡が取れないんだ……と、思っていたら。

『……なんだよ』

でっ、出たーっ‼

もう、驚きとうれしさとが入りまじった不思議な気持ち。

『やっ、矢野！　矢野だよね？』

『テメー、誰の電話にかけてんだ。名前、確認する必要あんのか？』

すこぶる機嫌が悪いものの、この口調はまぎれもなく矢野。

よかった、なんだか元気そう。

『悪い……今、話す気分じゃねーから。切っていい？』

え！

せっかく繋(つな)がったのに、そうなの⁉

やっぱり落ちこんでて、ひとり部屋でうずくまってる？

『や……ヤダ。お願い、切らないでっ。あたし、矢野に言わなきゃいけないことがある』

謝らなきゃいけないの。

　あたし、卑怯だった。
　イケメンコンテストで勝ちたいがために、別人になりすまして、矢野の弱点をついてだましたりして……。
　ホント、ごめん。
　あんたの女好きも、チャラさも、いろんな苦しみを乗りこえるための術(すべ)だっていうなら……もっと他に方法があるかもしれない。
　それをこれから、一緒に考えよう。
　こんなの、都合よすぎるかな……？
『矢野、あのね……』
『お前、今どこにいんの？』
　低いトーンで話すから、なんだかドキッとした。
　まさか、あたしのこと……見てたりしないよね？
　思わず、キョロキョロと周りを見まわす。
　見た感じ、矢野は見当たらない。
『駅前……に』
『わかった。そこから動くなよ』
　……え？
『俺が着いたときにいなかったら、家まで押しかける』
『ええっ!?　それは、困る。っていうか、家知らないよね？』
　あたしが白鳥だって、バレてる？
　でも、きっと大丈夫……だよね。
『もう、調べはついてんの。俺の情報網すげぇから』
　まっ、まさか……。
　ホントに、バレ……てる？

どどどっ、どうしよう!!

逃げるどころか、足がすくんで動くこともできない。

しばらくすると、バイクのマフラーの激しい音が聞こえてきた。

現れたのは、１台のバイクに乗ったジャージ姿の男。

う、わ……。

来たっ！。

「マジでいた」

バイクがあたしの前に横づけされる。

乗っているのは、まぎれもなく矢野だ。

「イタイ……」

「は？」

「バッカじゃないの？　こんな風に現れて」

「バカ？　俺が来るってわかってて、待ってたお前の方がバカだろ」

スかした顔をして、あたしを見さだめるように上から下まで舐(な)めるように見る。

な、なんなの!?

「あんたがここにいろって言ったくせに」

「そーだな」

フッと笑うと、道路の端にバイクを停め、あたしの前に立った。

「な……なに？」

なぜか、ドキドキと胸が波打つ。

　コイツ、元ヤンだよね。
　バイクの走りっぷりとか、見た目とか、目つきとか全部。
　学校の矢野とはなんだかちがって、こっ、怖い……。
　一歩後ずさるだけで、もう精いっぱいだった。
　ギュッと目を閉じると……温かい感触(かんしょく)が肩に伝わる。
　見れば、矢野があたしの両肩に腕を置いていた。
　そ、その手……離して、ほしい。
　顔だって近いし……。
　なんか怖いし、緊張感がハンパない。
「なんで俺に電話かけてきた？」
「それは……ずっと、返事がないから……学校に行かないでって言っちゃったし……なんか罪悪感、感じてた……」
「罪悪感？」
「ずっとひとりでいるのかな……って。不安になって、つぶれてたらどうしようって……思って」
　すると、ぶっと噴きだされた。
「俺が？　そんな心配してくれたなんて、優しいとこあんじゃん」
「え、ちがうの？」
　驚き、顔を向けると、至近(しきん)距離で矢野と目が合う。
　ドキン！と胸が跳(は)ねた。
　また、あわてて足もとへ視線を落とす。
「ホント、冗談じゃねぇ。なんで電話なんかかけてくんだよ……」
　矢野があたしの髪に手をすべらす。

　ドキーッ！
　な、なにするの!?
　避けたいけど、緊張なのか恐怖なのか、なんだかよくわからないけど、体がガチガチで微動だにすることができない。
「や……めて、ください……」
　やっとのことで、声をしぼりだす。
「ハハッ。なんで敬語？　つか、せっかく１週間がんばろうと思ってたのに……これがお前の作戦か」
　作戦？
　キョトンとして顔をあげると、矢野がキュッと目を細める。
　学校では見せない、目がなくなっちゃうほどの笑みに、釘づけになった。
　あたしに怒ってるわけじゃないんだってわかって、少し気持ちがゆるんだ。
　矢野って……こんな顔で笑うんだ？
「連絡するなって言ったの、お前の方だろ？　だから、がんばってたのに。お前からかけてくるとか、ずるい」
　あたし、そんなこと言った？
　いや、言った……かも。
　だから、連絡もないし、電話にも出なかったんだ？
　ううん、だったらどうして寿くんの電話にも出なかったの？
「ホントに、学校……休んでた？」

きっと、矢野はあたしの素性(すじょう)には気づいていないはず。
だって、学校でのあたしに対する態度とちがうから。
「おー。女や仲いーヤツから何度も連絡あったけど、学校行きたくなるから誰にも返事してねーな」
その中には、きっと寿くんも含まれてるよね？
そして、女……。
そうだよね、学校中の女子と手あたりしだいに付き合ってきた矢野だから、連絡くれる子も数えきれないほどいるはず。
それもムシしてたんだ？
……全部あたしのために？
どうして？
「落ちこんでたんじゃ……ないんだね。それなら、よかった……」
「は？　落ちこんでるってなに？　俺、そんなメンタル弱くねーけど」
あきれた顔であたしを見つめる矢野。
ちょっと眉がさがっていて、また印象がちがう。
ホント、コロコロと表情が変わるんだな……。
学校でのあたしへの態度は、なんなんだろう。
見くだすような視線で嘲笑(ちょうしょう)され、毒を吐かれる。
あたしを怒らせるようなことをわざわざ言ってきて、お互い言い合いになる。
どうしてそこまで、毛嫌いされるの？
なんだか、とてつもなく悲しくなってきた。

あたしたち……出会い方が、まちがってた？

最初に、矢野がスマホがないことに気づいたとき、普通に心配していたら……あたしたちの仲は、どうなってた？

もっと、気楽に話せる友達になれていたかもしれない。

「ちがったなら……いい。ホント、心配したんだ……」

ボソッと言うと、顔をグッと寄せてくる。

「なんだって？　聞こえねぇ」

「わっ……そんな、寄らないで？」

「お前さー……こんな時間に男呼んどいて、なんなの？」

う、わ……。

顔が……熱い……。

これは、確信犯だ。

あたしが動揺するってわかってて、わざと聞こえないフリして、近づいて……。

「っていうか、勝手に来たくせに……」

顔を背け、視線が合わないようにするのがやっと。

目も泳いでるし、完全に異常事態だ。

「お前が、来てほしそーだったから」

「ちがっ……」

優しい手つきで顎(あご)をすくいあげられ……そっと、矢野の方を向かされる。

「イ……ヤ。さわらないで……」

「そんな注文、俺が聞くと思う？」

顔をあげると、矢野からの甘い視線が目に飛びこんできた。

思ったよりマツゲが長くて、あたしを見つめるその瞳は夜のネオンに反射して……キラキラと輝いている。
「会いたかった……ずっと、お前のことばっか考えてた」
薄く開いた唇から紡ぎだされるのは、夢のような甘い言葉。
それが真実なのか……なんて、そんなことを考える余裕もない。
はずかしいのに、目をそらすことができないんだ。
これは……黒王子の魔法？
まさか……あたしまで、矢野の毒牙にかかってしまう？
「目ぇ閉じろ」
え、目……？
動揺しきってるからか、素直に従ってしまった。
その瞬間、やわらかい感触が唇を伝う。
甘く、しびれるような感覚があたしを襲った。
「んっ……」
ヤ、ヤダ……。
キス。
矢野の両手が、あたしの頬をおおう。
壊れ物を扱うように、何度も優しく繰り返されるキス。
そっと触れ合うたび、矢野の温もりが唇から伝わってくる。
逃げたいのに、逃げられない……。
とろけるような甘い媚薬に、もう……あたしはどうすることもできなくなっていた。

好きとウソとホントの気持ち

名残惜しそうに唇を離すと、そのままあたしを腕の中にすっぽりとおさめた矢野。

あたしも、そのまま矢野の胸に体を預けた。

甘くて心地いい、幸せな時間。

……なんて、そんな甘ったるい感覚じゃない。

な……にが、起こったんだろう。

いや、わかってはいるんだけど、信じたくない現実。

ショック？

絶望感？

唐突すぎてあたしの思考回路、壊れちゃった？

もう、頭で考えるのはムリだった。

矢野は、さらにあたしをギュッと抱きしめる。

バクバクと鳴りひびくあたしの心臓。

もうこの状態に耐えられないけど、離れる勇気もない。

だって今、あたしの顔はまっ赤だから……。

どんな顔をして矢野を見ればいいの？

ムリ……絶対に、ムリだよ。

それなら、このまま顔を合わせない方がまだ救われる。

夜で人通りがまばらとはいえ、そばを通りすぎる人たちがあたしたちの方をチラリと見る。

だけど、そんなことも気にならないほど、矢野の存在が大きくて、胸のドキドキが止まらない。

「お前さー……俺をこんなに好きにさせて、どうしたいわけ？」

矢野の攻防(こうぼう)は、まだ続く。

いつもこうやって、女の子を骨抜きにしてるの？

「ど、どうって……べつに、あたしは……」

「つか、キスしたこと怒んねーの？」

そ、そうだよ。

あたし、キスされたんだ！

もちろん怒ってる。

それなのに……なんだか頭がボーッとして、いつものあたしに戻れない。

「それは……」

「やっぱ、しゃべんな。このまま、幸せに浸りたい」

なっ、なんて勝手な。

文句言ってやる、今すぐ……。

そう思うのに、声帯(せいたい)が麻痺(まひ)したかのように、言葉を口にすることができない。

あたし……いったい、どうしちゃったの？

「ホント言うと、今日まで少し不安だった……」

「不安……って？」

「１週間って約束だけど、番号変えられてたらどーしようとかさ。ガラでもねーんだけど、会いたい気持ちがどんどん募(つの)って……うわっ、あらためて口にすると、はずいな」

ねぇ……それ、本気で言ってるの？

それとも、いろんな女の子を落とす作戦？

もう、わかんない……。

今、どんな顔してる？

表情を見たくて顔をあげると、あたしに負けないぐらい照れた顔をした、矢野の笑顔が飛びこんできた。

うわぁ……本気で言ってるんだ。

あたし相手に。

こんな展開、予想してなかった。

あたしだけに見せる、矢野の無邪気（むじゃき）な表情を目の当たりにして……心拍数が、これまで以上にあがった。

「ところで、俺に話したいことって？」

そ、そうだった。

なんのために、電話したのか。

それは、こんな風に抱き合うためでも、愛の告白をするためでもなく。

あたしの正体を、矢野に話すため。

……今、こんな状態になって、もう今さら、あたしが白鳥美夜だとは言えなくなってしまった。

言ったら、どうなるか……。

そんな恐ろしいこと、想像すらできない。

「とっ、とにかく。元気なら、よかった」

「そんなに、心配してくれたんだ？　優しーな」

だってさ、音沙汰（おとさた）ないから気になるじゃん。

「べつに……」

「……素直じゃねーな」

「そ、そんなんじゃない」

「わーかってる。そーいうお前だから、好きなんだよ。マジで受けとめろ、俺の気持ち」
　ギュッと、ふたたび抱きしめられる。
　今度はされるがままじゃなく、抵抗するために軽く胸を押し返した。
　流されちゃダメ！
「受けとめない……っ。あと１日。１週間、会わない約束守らなかったし」
「電話したのは、お前だろ？」
「そうだけどっ、だけど……ダメ」
「そーいうこと言ってっと、ムリやり襲うぞ？」
　ええっ!?
　ニヤリと笑った矢野が、あたしの頬をなでる。
「や、や、や、やめっ……」
「ビビりすぎ。なんだ、お前男と付き合ったことない以前に……男、苦手……とか？」
「だったら、なに!?」
「へーえ、おもしれぇ」
　矢野があたしの顔を食い入るように見つめる。
「おもしろい!?」
「いや、べつに……。落としがいあるなーってね」
　新しいいたずらを思いついたような子どもの顔。
　矢野に、あたしの弱点を知られてしまった……。
「ま、今日はおとなしく帰すか。二度目のキスで、とろけそーになって、かわいいな」

さっ……最悪だ。

矢野とのキスを思い出しただけで、一気に顔が熱くなった。

「そーいう反応、キケンだから。またキスしたくなる」

「きゃっ」

突然、矢野が顔を近づけてきたから、ガラにもなく高い声が出た。

あたし……なに、今の。

自分で驚く。

「なぁ……早く、俺のモンになれよ」

そっと耳もとでささやく矢野の艶（つや）っぽい声に、もうあたしは平常心ではいられない。

さっきからずっと、心拍数はあがりっぱなし。

熱を帯びた頬も、焼けるように熱い。

かといって、逃げだしたいほどこの状況がイヤなわけじゃない。

むしろ、女の子扱いされるのが不思議と心地いい。

この気持ちって……なに？

「あーもぉ、そんな顔すんな。帰したくなくなる」

ふたたび引きよせられ、ギュッとされるたび……体全体に甘いしびれが走る。

なにこれ……。

胸がずっと苦しいし、息だってあがってる。

あたし……もしかして、なにかヘンな病気なのかも。

「熱……あるかも」

「……へ？」
「顔、熱いし……風邪っぽい。あたし、帰るね……」
　きっと、これは風邪。
　そうにちがいない。
　矢野の腕を振りきろうとしたら、怪訝(けげん)な顔をしたあと、ニッと口の端をあげる。
　そして……。
「だったら。その風邪、俺にうつせば？」
　あたしの顎を軽くつまみ、チュッとリップ音を鳴らす。
「わぁっ!!」
　今度は間髪(かんはつ)いれずうしろに逃げきり、なんとか矢野のキスから逃れることができた。
　そして、さっきはうわずった声もいつもどおり。
「ふっ……ふざけんな!!」
「おー、怖(こえ)ぇ……つか、女がそーいう口のきき方すんな。あれ、なんかこーいうの、前にもあったな」
　ドッキーン!!
　あたし、今、絶体絶命。
　人生最大のピンチを迎えています。
　今のようなやり取り、たしか、学校で矢野とした気がする。
　あっぶな……。
　元ヤンの矢野にホントのことがバレたら、あたし、海に沈められるかも。
「さよなら……」

これ以上、一緒にいたらボロが出る。
あたしは、その場から逃げだした。
スピードをあげ、追いかけてくる矢野を一気に引きはなし、夜の街を駆けぬけた。

「ハァハァ……」
「お姉ちゃん、どうしたの!?　遅いから、心配したよ」
家に入るなり、美琴が心配そうに玄関までやってきた。
「それに、それ……」
「……え、なに……わああぁっ!!」
美琴が頭を指さすから、玄関にある鏡で自分を見ると。
頭からウィッグがすっぽりと抜けていた。
うわ、いつものあたしに戻ってる!!
ウソ、いつからなかった？
少なくとも、矢野といるときはかぶってたはず。
きっと、走ってる間に取れたんだよね……。
必死だったとはいえ、道に落ちてたらホントマヌケだ。
探しにいくか……。
あれがないと困るからね。
家を出て、もう一度来た道を戻る。

ない……。
おっかしいな、絶対、どこかに落ちてるはず。
「お姉ちゃん、見つからないね……」
「うわっ、いつからいたの!?」

美琴を連れてきたつもりは、なかったんだけど。
いつの間にか、来ていたみたい。
「暗いし、早く帰ろう……また明日、探せばいいよ。女の子レッスンは、また今度ね」
「ハハ……」
いや、もうこりごりです。
帰ってくる途中、交通量の多い道路を横断したし、もしかすると車道に落として、行きかう車につぶされて原型を留(とど)めていないかも。
ヘンな物体だし、誰かが溝(みぞ)に蹴りおとしたとか？
そうだよ……美琴の言うように、明日明るくなってから探そう。
ふたりで家に戻り、あたしは自分の部屋へ。
明日は、イケメンコンテストの当日。
矢野は、もう学校に来るよね。
来たところで、コンテストのことなんてすっかり頭から抜けてるかもしれないけど。
最初は、学園の秩序(ちつじょ)を乱す矢野に勝つことだけが目的だった。
だけど今は……どうなんだろう。
矢野が女遊びをするのは、アイツなりの悩みがあってのことだってわかってしまった。
その行動は正しくないけど、遊びでもいいっていう女子だって中にはいる。
それを、あたしひとりが躍起(やっき)になって……矢野を打ち負かすとか、少しバカげているのかもしれない。

ホント余計なお世話だよね。

学園の女の子たちが矢野に夢中になる理由……そんなの、絶対にわからなかった。

今だって、わからない。

だけど、頭から離れない。

アイツのことが……。

俺様だったり、かわいかったり、なんだか小さく見えたり、カッコよく見え……。

いや、前言撤回(ぜんげんてっかい)。

今のは失言。

あたしは、風邪……そうだよ、矢野に会ってからなんだか体調が悪い。

頭も痛い気がするし、寒気もする。

きっと風邪を引いたせいだ。

全身がすごくダルい。

今日はもう寝よう……。

それからあたしは、眠ったかと思えば目が覚める、ということを繰り返していた。

ふと枕(まくら)もとのスマホを手に取り、届いたメッセージを確認する。

そこには……。

《明日、ぜってぇ負けねーから》

そんな、矢野からのメッセージ。

……え？

あたしが白鳥美夜だって、バレちゃった？

まさか……ね。

ハッ！

また眠っていたみたいで、目を覚ますと手に持っていたはずのスマホは枕もとに置かれていた。

さっきのは、夢？

半分寝ぼけながらぼんやりと考えていると、ふたたび睡魔に襲われた。

夢の中に、何度も矢野が現れた。

その格好は、制服だったり、極悪ヤンキーだったり……まさかの、王子様スタイルだったり。

『どの俺が好き？』

うれしそうに、矢野が聞いてくる。

『どれも、好きじゃない』

『ウソつくなって、ホントは好きなくせに』

好きってなに？

『矢野なんか、好きじゃないんだよ!!』

『だーから、そんなしゃべり方すんなよ。女だろ？　いや、このやり取り……どっかで聞いたな』

「わああぁっ！」

うなされて、明け方に目が覚めた。

汗をびっしょりかいていて、体もかなりほてっている。

どうやら、本格的に熱が出てきたらしい。

そ、そうだ。
矢野からの、白鳥美夜宛(あ)てのメッセージ……あれが現実なのか、確かめなきゃ。
もしホントに送られてるなら、あたしの素性がバレてるってことだよね？
あわててスマホを確認する。
けれど、矢野からのメッセージは残っていなかった。
「ふう……」
昨晩のことすべて、夢か幻(まぼろし)か。
熱にうなされ、それさえもわからなくなっていた……。

俺と付き合お

本格的に風邪を引いたらしいあたしは、学校に休みの連絡を入れた。

もう、それだけで精いっぱい。

親に看病（かんびょう）されつつ、食欲もないまま昼まで爆睡。

少しよくなった気がして一度起きあがるけど、なんだかフラつく。

枕もとに置いてあるコップで水を飲んだあと、また横になった。

ああ……どうして、よりによってこんな日に倒れるんだろう。

今日はイケメンコンテスト当日だっていうのに。

きっと今頃、矢野は笑っているんだろうな。

「アイツは逃げたんだ」と、うしろ指をさしてそう。

逃げたわけじゃないけど……自分の気持ちに、負けたかもしれない。

これは、そういうところから来た体の不調？

コンテストに出る意味、その必要性や需要（じゅよう）を考えはじめたら、わからなくなってしまった。

たしかに、矢野に仕返しをしたいっていう女子もたくさんいた。

けどそれ以上に、矢野を想っている子も大勢いる。

たとえフラれることになっても、一度付き合ってみたいって、そんな風に言う子もたしかにいた。

矢野は女の扱いに慣れていて、手のひらで転がして、適当に遊んで飽(あ)きたらポイ。

そう、思っていた。

だけど、そうじゃない部分もある。

矢野と付き合う時点で合意の上なんだから、結果遊ばれることになったとしても、それは自己責任だよね……。

あたしがやっていたことは、学園のためなんかじゃない。

きっと、自分の名誉(めいよ)のため。

“学園の王子”と呼ばれていた過去を、ホントは引きずっているのかも。

自分では王子なんかじゃない、って思っていた。

だけど実際、みんなの目が矢野に移って、少し……ほんの少しだけど、嫉妬(しっと)していたのかもしれない。

口が悪いくせに、みんなの注目を集め、女子からは慕(した)われる。

そこは、あたしの居場所だった。

だから、それを取りもどしたくて……イケメンコンテストなんてものに出ようとしたのかも。

もっと、他にあったはず。

あたしと矢野が、共存できる方法が。

今回はギャルの格好っていう極端な見た目だけど、それでも、ただの女の子になってしまえば……こんなあたしでも、じつは恋愛対象なのかも。

共学になったのに、あたしがイケメンでいる必要なんて、どこにもないんだよね。

　そうは思うけど、女子力を高めるって、なんて難しいんだろう。

　他の子はみんなキラキラしてかわいくって、とうていあたしには真似(まね)できそうにない。

　そんなことを考えながら、その日は一日ぐっすり眠った。

　数日寝こんだあとの週明け、熱もすっかりさがったあたしは、学校に行くことにした。

　心愛や後輩たちから、体調を心配するメッセージが届いていたけど、矢野からは連絡がない。

　あの、数日前の夜に来たメッセージ……あれが、幻であることを祈るばかり。

　あたしだってバレてないよね？

　学校に着き、自分のクラスまで移動すると、心愛があたしを見つけて駆けよってきた。

「美夜ちゃん、もう大丈夫なの!?」

「うん、へーキ。心配かけたね」

「よかった〜。だけど……残念だったね……」

　そう言って、教室の隅を見る。

　きっと、イケメンコンテストのことを言ってるんだろう。

　教室のうしろにデカデカと貼りだされているのは、コンテストの結果。

【★イケメンコンテスト★　１位　矢野翔太】

　だっ……ダントツの１位か！

　もともと、あたしの出る幕ないじゃん。
「チッ、雰囲気イケメンのくせに」
　なんとなくくやしいから、とりあえず落としておこう。
　今頃アイツは鼻の下を伸ばして、次のターゲットを探しているはず。
「アハハ、矢野くんはやっぱりカッコいいよ〜。コンテストのとき、ステージ上でね……」

「え……？」
　心愛の話を聞いて、一瞬ウソだと思った。
「あの……矢野が？」
「そーだよ。ちゃんと、謝罪してた。今まで付き合ってきた女の子たちに、ひどいことしたって」
　へぇ……意外。
「え、なんで？　矢野ってついこの間まで、俺ってモテるし〜とかって、調子乗ってたよね」
「なんでだろうね。１位をもらう資格なんてないから、辞退するって言ったの。けど、イケメンコンテストの委員に押されて、結局強引に賞を与えられてたよ」
「ふーん……」
　すべてが意外すぎる。
　矢野が、辞退を申しでた？
　どうして……？
「で、今日、矢野は？」
「それがね、体調崩して……コンテストが終わってすぐに早退したの」
「そーなんだ？」
「うん。美夜ちゃんと同じで、高熱が出て……頭痛がするって。寿くんにそう聞いたよ。風邪、今から一気にはやりだすのかな～」
　う、わ。
　あたしのが、うつったんだ。
　ホントに矢野に、うつしてしまった……。
　原因があたしだなんて、口が裂けても心愛には言えない。
　あの日のアレは、やっぱり夢でもなんでもなくて……きっと現実。
　この風邪、長引かないけど、結構強烈だった。
　矢野……大丈夫かな？
　――トントン。
　突如、うしろから背中をたたかれた。
　振り返ると、そこには……。
「美夜ちゃん、おはよ。風邪、もう大丈夫？」
「おはよ……。うん、もう大丈夫。ありがとね」
　目の前にいたのは、寿くんだった。
「ホントに？　昔っから、美夜ちゃんはムリするから。完全に元気になるまでは、休んでた方がいいんだけどな」
　白王子全開のさわやかな笑みで、あたしの心も和む。
「もう完全に治ったよ。ほら、このとおり～」
　元気さをアピールするために、パンチングポーズを取る。
「あ～、元気ありあまってる？　その勢いで俺殴るとかやめてよ」
「ひどーい！　あたしはそんな凶暴じゃありません！」
　そんなやり取りをしていると、心愛も含めクラスの女子がクスクスと笑っている。
　休みを挟んだからか、あたしもうまく寿くんと話せる。
　男だからとか、ヘンに意識することもなく。
　うん、こういうのっていいね。
　いつもなら緊張して、ぎこちない寿くんとの会話もなんだか自然。
　あたしも笑顔で話せてる気がする。
「そうそう、美夜ちゃん。俺との約束、覚えてる？」
　約束って……。
　なんだっけ？
　寿くんと、あたし……。
「あああぁ――――っ!!!!」
　今、思い出した。
　寿くんっていうか、矢野と交わした約束だ。
「翔太に負けたら、俺と付き合うってやつ。守ってもらうよ」
　がっちりと、恋人繋ぎで手を握(にぎ)られる。
　そのとたん、顔が硬直(こうちょく)し、全身から汗が噴きだす。
　もう、自然な笑顔とか……ムリ！
「や……、もぉ、ごめんなさい……お願いだから、離して？」
「コンテストの日に休むとか、自殺行為でしょ」
　ぐっ……そうなんだけど。
「体調不良ってことで、見のがして？」

「ムリ」
「ええっ!?」
「ずっと、この日を待ってた。当然、美夜ちゃんが負けるのなんて、わかってたし。翔太の人気は、絶対的だからね」
ひどいことを言われているのに、そう思えないのは寿くんの人柄のせいだろうか。
それとも、王子スマイルのせい？
だからって、好きでもない相手と付き合うわけにはいかないよ！
「付き合うっていっても、あたし部活忙しいし……」
「休部届出したの知ってるよ」
うっ。
直接言った覚えはないし、誰かから聞いたのかな？
ま、最近部活に行ってる様子もないから、今の理由は苦しいよね。
なにか、他にいい言いわけは……。
「今日の昼休み、一緒に過ごそ」
「イヤ、です……」
「美夜ちゃんに拒否権(きょひけん)ナシ」
なんかこんなセリフも、心愛に借りたケータイ小説に載っていたような。
ここで主人公は、胸を射抜かれる……って！
そんなの、あたしには通用しない。
「いやいやいや……」
「そんな顔しないでさ。昔は、俺の言うことは全部聞いてくれたよね。大好きだよって言えば、あたしもって答えてくれた」
「それは、女だと思ってたから……」
「今でも、そう思えばいーじゃん。ただ、容姿(ようし)が今の俺になっただけ。ねっ？」
　それ、かなりムリがある。
　雰囲気がやわらかいとはいえ、見た目は完全に男の子だからね。
「ムリだよ……そんな、付き合うなんて……」
　あたしが男の子と付き合う？
　好きっていう気持ちもわからないのに、笑っちゃうよね。
「美夜ちゃん、ずるくない？　一方的に条件突きつけといて、自分は守らないなんて。翔太、あの日ちゃんとしてた。賭けに勝ったのに、立派だった」
「それは、当然のことだよ。今までサイテーなことしてきたわけだし……」
　あたしだって、矢野が謝ったことは想定外だったよ。
　やっと改心したってことなのかな？
　真相は、闇の中。
「だね。だから翔太は、すべて清算した。美夜ちゃんだって、すべてを認めるべきだよ」
「認めてるよ。矢野が……モテるって、学園の人気者だってわかった。完全に、あたしの負け」
「そうじゃない。美夜ちゃんは、れっきとした女の子だって……認めて。俺と付き合ったら、今より数倍かわいくなる」
　あたしがかわいく？
　付き合う以前に、それこそ想像できない。
「どうせ、女子力ないですよー」
　照れかくしのせいもあり、プイと顔を背けて冷たく言いはなつ。
　それでも寿くんはニッコリと微笑んでいる。
「そういうこと言ってるんじゃなくて。美夜ちゃんはそのままでもいいけど、もっとかわいくなれるって言ってるんだよ」
　このままのあたしをいいって言ってくれる。
　それは、うれしいんだけどね。
「あたし、もう行くね」
　話を途中で強引に終わらせ、自分の席へ移動した。
　あ～、憂鬱。
　寿くんとのこと、すっかり忘れてた……。
　一難去って、また一難。
　あたしはいつになったら、平穏な毎日を送れるんだろうか……。

あたしの王子様

その日の夕方……矢野からスマホにメッセージが来た。
《エリカ、今なにしてる？　風邪でバテて動けねぇんだけど、家に誰もいねーの。なんか買ってきて》
……え。
そんなこと言われても困る。
けど、大丈夫かな……。
あたしの風邪、結構強烈だった。
ひとりで苦しんでるんだとしたら……かなり辛いはず。
けど、ここは見て見ぬフリ……。
矢野とは、これ以上関わりたくないから。
スマホをカバンにしまい、家に帰った。

部屋で着替えてからスマホを確認するけど、あのあとは矢野からのメッセージはない。
放っておいても大丈夫だよね？
そう思っていたら……。
――トゥルルルルル。
わっ、矢野から電話だ!!
とっさにスマホから飛びのき、距離を置いたけど、またすぐに手に取った。
体調が悪くて助けを求めてる矢野を、このままムシするなんて、やっぱりできないよ。

『はい……』
『なぁ……なんで返事くれねーの？』
　切なそうな声で、いきなりそんなことを言う。
『そっ、それは……』
『もう……俺、ダメかも……』
　えっ……まさか。
　そこで、電話が切れた。
　え――――っ！
　そんなこと言われても、家どこなの？
　知らないよっ。
　あわてたあたしは、とりあえず心愛に連絡を入れた。
　心愛の彼氏の青井くんなら、矢野の家を知ってるよね。
　聞いてみると、ちょうど青井くんと一緒にいたみたいで、すぐに矢野の家の住所を教えてくれた。
　これは。
　行く……しか、ないっ!?
「ちょっと、出かけてきます……」
　お母さんと美琴にそう言いのこし、家を出る。
　美琴には、また夜遊び!?って言われたけどね。

　矢野の家は、ウチから電車で１駅のところだった。
　元ヤンにふさわしくない、閑静(かんせい)な住宅街。
　夕方だけど外を出歩いている人は少なく、矢野のバイクのマフラー音は、さぞかし近所迷惑(めいわく)だろうね。
　そして、あたしは矢野の家を見つけた……。

家の前に停められた、激しく装飾(そうしょく)されたバイクは、まぎれもなく矢野のモノ。

その付近にはそれに不似合いな、小さくてかわいらしい花が咲いたプランターが並んでいた。

いったい、どんな顔してこの家に帰ってるんだろう。

ヤンキーやめたなら、こんなバイクに乗る必要なんてもうないのに。

来る途中、コンビニで購入した袋(ふくろ)を玄関ドアの横に置きかけて、躊躇(ちゅうちょ)した。

これだけ置いて帰るつもりだったけど、やっぱり、一度声をかけようか……。

チャイムを鳴らすけれど、誰かが出てくる気配はない。

電話してみる？

矢野に電話をかけると……。

『……まだ、着かねーの？』

苦しそうな声が聞こえてきた。

『着いた……よ。家の前にいるの。ダルいだろうけど、出てきて？』

『カギ、開いてっから』

それだけ言って、切れる電話。

開いてるって言われても！

どうしろっていうのよ……。

……あ。

大変だ……。

今さら気づいたけど、あたし、いつもの格好。

服も無地のカットソーにパンツっていうシンプルなスタイル。

それに、この間落としたウィッグはどこ？

「すぐに戻るから！」

玄関先で大声を出したあと、急いで来た道を戻ろうと振り向くと……。

「ハイ、これ」

「ああ、ありが……えぇーっ!!　美琴、どうしてここに!?」

いつの間にか、すぐうしろに美琴がいた。

そして、手にはウィッグが握られている。

「女の子レッスン、忘れてるよ！」

いっ、今それどころじゃないんだけど!?

「あのね……美琴、え……と」

「いい機会だから、お友達にジャッジしてもらおうよ。お姉ちゃんの、この姿」

強引に、ウィッグを頭に乗せられた。

そして、ささっとメイクを施される。

「いっ、いいってば。っていうか、ここ友達の家じゃないし」

「そうなの？　だけどさっき、チャイム押してたよね？」

うん、そうなんだけどね？

エリカになった姿を、一番見せちゃいけない相手なの。

ううん、見せてもいいんだけど……。

あたしが白鳥美夜だって、気づかれちゃいけない相手。

だからボロが出る前に、このまま帰りたいんだよね。

「ああっ……まさか。そう、なんだ。きゃっ、あたしったら……」

へ？

突然の美琴のテンションの変化に、思わず振り返る。

あ……。

いつの間にか玄関のドアが開いていて、家の中から矢野が顔をのぞかせていた。

「おっせーよ」

「お姉ちゃん、この人ってこの間あたしたちを助けてくれた人だよね？　連絡先交換して、もしかしてもう彼氏になったの!?」

美琴が目を輝かせて、あたしと矢野を交互に見ている。

「ち、ちがっ……」

訂正しようとしたら、矢野が割って入ってきた。

「おう、妹。察しがいーね。ねーちゃんの彼氏です」

「ちがーう!!」

「なんだよ、甘～いキスした仲だろ？　今日はもっと次のステップに……ぐえっ」

病人だけどかまわず、矢野のみぞおちにチョップを食らわせた。

「そーいうこと言うと、美琴が誤解するから！」

「あのっ……あたし、お邪魔ですよね。帰ります、さよならっ」

美琴は大あわてで帰っていった。

「バカ……絶対、誤解した」

「なにを？　だったら、全部、既成事実にしよーか」

矢野がククッと喉(のど)を鳴らし、あたしの肩に手を置く。
「は!?　マジでウザい。消えてよ」
「ほう」
なにが、ほうなのよ！
「とにかく、あがれよ」
「ちょっ……」
気づけば、あたしのカバンを勝手に家に持ってあがってしまっていた。
もう階段のぼってるし。
こうなったら、入らざるをえない。
ムカつく〜！
急いで階段を駆けあがると、そこに矢野の姿があった。
「俺、寝るから。お前はそこにいて」
「はあああぁ？　帰るってば。カバン、返して」
「優しいな、これ買ってきてくれたんだ？　あとで食うから。ずっと、全然食欲なくて……さ」
コンビニの袋を受けとると、ベッドに移動しサイドテーブルに袋を置く。
そしてそのまま、矢野はベッドに倒れこんだ。
ずっと食欲ないの!?
そういえば、あたしも全然食欲がなかった。
熱で体力を奪われて、なにも食べないとか、余計に辛いはず。
レトルトだけどおかゆを買ってきたから、なんとか食べてほしい。

じゃなきゃ、回復しないよ？
「矢野、起きてよ……ムリしてでも、食べて」
体を揺するけど、反応がない。
もしかして……気絶してる!?
もしそうなら、大変だよ。
「お願い、起きて……辛いと思うけど、一口でも……」
「だったら、食わせて？」
「なっ!!」
ベッドに横たわる矢野の顔をのぞきこんでいたら、目を開けた矢野に捕(つか)まってしまった。
気づけば、形勢(けいせい)逆転!?
あたしは今、ベッドを背にして……横たわっていて、頭の横で両腕をついた矢野に、上から見おろされている。
「起……きて、たの？」
「今、目が覚めた」
見えすいたウソをつきながら、薄く笑う矢野の顔がだんだん近づいてくる。
「ヤダ……やめてっ……」
ギュッと体を縮こまらせる。
「誰に聞いたか知らねーけど、家まで来てくれてさ。それだけで、かなり回復した。お前の優しさに、俺はどう応(こた)えればいい？」
キスされるのかと思ったら、そうじゃなく。
あたしをいたぶるように、ふうっと首筋に息を吹きかけてくる。

「う……わ、やめて」

　ゾクゾクッとした。

　言い返すことすらできず、泣きそうになっていると、矢野が笑いはじめた。

　な、なんなの？

「かわいい……いつも強気なくせして、こーすると、すぐ女になるよな」

　かあっと、顔が熱くなる。

「飢えた男の前で、涙目とか反則。この辺でからかうのやめよーとしたけど、止まんなくなる……」

　矢野の指が、あたしの髪を梳(す)くように滑る。

「ひゃっ……」

　これも、からかわれてる？

　あっ……。

　ズル、とウィッグがズレる感覚があった。

　やば……。

　なにかを考えるより早く、あわてて頭を押さえた。

「お前……意外と大胆だな」

　へ……？

　そうするつもりなんてなかったのに、胸が矢野の胸もとに当たっている。

「ちっ、ちが……これは、頭が」

　けど、ズラがズレるとも言えない。

「頭？　本能が俺を求めてるってことか。今すぐキスする？　それとも……」

ちっ、ちがーう!!

もうなにを言っても、エロモードの矢野には通じそうにない。

あたし、大ピーンチ！

ここはもう、強行突破しかない？

どうやって逃げようか考えていると……。

ガチャッと、部屋のドアが開いた。

そして、ベッドの上で向き合うあたしたちの前に現れたのは……。

「翔太〜、大丈夫？　お見舞いに来たけど……あっ……お邪魔だった？」

目を見開き、ドアを開けつつ固まっているのは、寿くんだった。

「タイミング悪ぃ」

ボソッとつぶやく矢野に対し、苦笑いをしている寿くん。

そして……視線があたしに移ったかと思うと、一瞬、眉をひそめた。

「その子……」

「んあ？　俺の女」

頬をなでられ、ギュッと目を閉じた。

けど寿くんの表情が気になり、ふたたび目を開ける。

うっわ……。

すべてにおいて、耐えがたい状況。

「へえ……」

寿くんはそう言ったあと……ジッとあたしを見つめてい

る。
　その表情には、嫌悪感すら感じられる。
　こんな顔をしている寿くんを、はじめて見た。
「悪いけど、邪魔させてもらうよ」
　……えっ？
　寿くんがベッドに近づいてきた。
　そして、驚く矢野から引きはがすように、あたしの手を強引に引っぱる。
「なるほどね、そういうわけか」
　そして、小さくつぶやく。
「なにが、そういうわけなの？」
　思わず聞き返すと。
「自分が一番よくわかってるよね」
　ドキーッ!!
　寿くんに、バレた!?
　あたしを軽蔑するような眼差しが、痛すぎる。
「おい、どした？　寿……」
　突然のことに、矢野も驚いている。
　あたしが白鳥だってことに、矢野はまったく気づいてないみたい。
「本気で好きな女ができたって、この子のこと？　ずっと、イケメンコンテストで１位になったら、遊び放題だって言ってたじゃん。ひとりの女にこだわるなんて、翔太らしくない」
　あたしから視線を外し、今度は矢野を見る寿くん。

　矢野もベッドから起きあがり、寿くんを見すえた。
「俺も、ずっとそー思ってたんだけどな……なんか、遊ぶ意味がわかんなくなった。今まで、気晴らしに女遊びしてたけど、最近はそれすらストレスで。だけど、コイツに会ってから……」
「そんなの、気休め。翔太は不特定多数の女の子と付き合って、学園の王子でいるのが合ってるよ」
「お……い、寿。どした？　お前らしくないな」
　一歩も譲（ゆず）ることなく、毅然（きぜん）とした態度で返す寿くんに、さすがの矢野も、タジタジ。
「俺は、ただ思うことを言っただけ。キミもさ、こーいうのやめた方がいい。取り返しのつかないことになる」
　うっ……。
　射るような視線に耐えきれなくて、足もとに視線を落とす。
　あたしがしたことは、許されることじゃない。
　きっと、寿くんはすべてを見ぬいているよね？
　ウソをついて矢野に取りいり、イケメンコンテストに出場させないために、１週間学校を休めって言ったこととか、その他もろもろ。
　軽蔑されても、仕方のないことをあたしはしたんだ。
　そして……今、この状況下。
「なに堅（かた）いこと言ってんの？　寿、お前だって……好きな女ができたっつってたじゃん。ほら、あの……オネエ」
　ここでまた、あたしをオネエ呼ばわりかい！

本人が目の前にいるとも知らずに、失礼な発言だよね。
寿くんはクスリとも笑うことなく、表情をまったく崩さない。
こっ……怖すぎる。
普段、温和な人が怒ると怖いって、こういうことなんだ。
淡々と話すその口調と、冷たい表情。
今、寿くんは……なんともいえない、不穏なオーラを放っている。
「美夜ちゃんは、特別。俺の気持ちなんて……翔太には、わからない」
突き放すように言う。
「俺だって、わかる。コイツは、他のヤツとちがうってことぐらい」
矢野があたしの手を取ろうとする。
けど、それより早く、ひったくるように寿くんがあたしの腕を強く引いた。
痛っ……と思うより先に、寿くんの叫ぶ声が耳に飛びこんできた。
「だから、ちがうっつってんだろ!!　目ぇ、覚ませよ」
「は？　テメー、俺とやんのか？」
バチバチと火花が散っている。
寿くんが矢野とまともにやり合って、勝てるわけがない。
だって矢野は、元ヤンだから。
金髪男を一発ＫＯしたくらいの腕力だし、寿くんが殴られるとこなんて見たくない。

　寿くんだって、きっと矢野が強いって知ってるだろうから、向かっていくはずないとは思うけど……。
「暴力は嫌いだ」
　ふう、よかった。
　ホッとしたのもつかの間……。
「翔太の弟、最近やっと復学したんだよな。西(にし)中学だっけ」
　え、今なんて言った？
　にっ……西中学!?
「だから、なんだよ」
　もうこれ以上、話していたくないとでも言うように、面倒くさそうに矢野が首を回す。
「今から受験もあるし、翔太が問題起こしたらまずいんじゃないの？」
「そ、それは……」
　矢野も、ひとまず拳(こぶし)を振りおろす。
「キミも、命が惜しかったら……これ以上、翔太に関わらないこと。それから、発言に気をつけた方がいい、いろいろと」
　つかんでいる腕に、寿くんが少し力をこめる。
　それは、矢野に対するあたしの数々の発言のことを指してるの？
　ううん、もっと恐ろしい事実がこのあと控えているのかもしれない。
　だって……西中学は、あたしの地元の中学であり、美琴の通う中学だ。

ってことは、矢野の弟も、そこにいるわけで……。

ふたりが接点を持って、なんらかの形であたしのことがバレたら……。

妹が病弱だとウソをつき、こんな格好をしてまで矢野にウソをつきとおしたあたしを、矢野は許すだろうか。

冗談抜きで、あたしを殺しにくるかもしれない。

きゃーっ！

こんなことって！

たとえどんな理由があろうと、意地の悪いウソなんてつくもんじゃない。

こんな形で、自分に還(かえ)ってきてしまった……。

これからあたしは、矢野にすべてがバレてしまうかもっていう恐怖に怯えながら、暮らしていかなきゃいけないの!?

恐怖にふるえていると、寿くんがコソッとあたしだけに聞こえるように話す。

「これでこりたろ？　もうバカなこと、しないように」

ううっ……やっぱり、寿くんにはお見通しだ。

あたしのこと、矢野にバラすかもしれない。

弱味を握られ、もうあたしはどうすることもできない。

「ごめんなさい……」

寿くんに頭をさげると、不思議そうな顔で矢野が首をひねる。

「なんで、寿に謝るんだよ」

「そ、それは……」

「どーせ、いろんな男と遊んでるんだろ？　翔太、金払いいいからな〜、奢らせるためか」
　あたしを見て、寿くんがフッと笑う。
　もしかして……矢野にバレないようにしてくれてる？
　ひどい女だっていう印象を与えれば、矢野もアッサリあたしを帰すかもしれないよね。
　信じられないとでもいうように、矢野があたしを見ている。
　こうなったら……もう、あとには引けない。
「そっ……そーなの。なんでわかったの？　ウチ、ちょー貧乏(びんぼう)で。なんか、金持ちの匂いがしたんだよね〜。いい金ヅルになりそーだって思ったのに」
　うまく、言えて……る？
　この場を逃げきるためとはいえ、ウソにウソを重ね……罪悪感はハンパない。
「ウソだろ……そんなこと、一言も言わなかったろ」
　眉間にシワを寄せ、訝しげに問う矢野。
「言うわけ……ないでしょ。ああ、もう他の男との待ち合わせの時間だ。こんなとこにいられない、あたし帰る」
　こんな感じ？
　そのまま、逃げるように部屋を出た。
　矢野の傷ついた顔が目に浮かぶ。
　アイツ、チャラいくせに……好きになったら一途とか、ありえない。
　いろんな女の子を傷つけてきたんだし、矢野が傷ついたってべつにいいじゃない。

　そう思うのに、どうしても矢野のことが気になって仕方がない。

　もう……頭の中から消えてほしいよ。

　玄関を出ようとしたら、うしろから追ってきた矢野に捕まってしまった。

　うわっ……。

「やっ……離して……」

「ひとつだけ、教えてくれ」

　てっきり怒ってるのかと思えば、そうじゃなかった。

　矢野の顔は、なんだか必死だ。

　寿くんは、矢野のうしろからゆっくりこっちへ歩いてきている。

「聞きたいことって、なに……？」

「お前の妹……」

　ドキーッ!!

　まさか、矢野の弟と同じ学校だってことに気づいた!?

　ま……まさかね。

　ビクビクしていると……。

「退院したって言ってたし、もう、大丈夫なんだよな？」

　ズキッ。

　そのことは、疑ってないんだ……。

　今なら、訂正できる？

　美琴は健康で……あのとき、矢野をだますためだけに言ったウソだって。

告げるかどうか迷っていると、矢野があたしの肩をポンとたたく。

「もし、なんか辛いことあったら……いつでも電話してこいよ」

「……っ、あんたなんかに……頼ることないから。さよなら」

真実を伝える方が、矢野をさらに傷つけそうな気がする。

あたしを悪い女だと信じているなら、その方がまだマシかもしれない。

矢野の腕を振り払うようにして、玄関を飛びだした。

今のは、あたしを引きとめるための言葉じゃない。

きっと……ずっと辛い思いを抱えてきたから、自然に出た言葉なんだと思う。

性格悪いなら、性根(しょうね)まで腐ってればいいのに。

なんなのアイツ……。

ホントはいいヤツとか……冗談じゃない。

あたしをガッカリさせないで……。

とてもじゃないけど、美琴のことがウソだなんて、言えなかった。

それを言ってしまったら……矢野の、心の奥の深い部分まで、傷つけてしまいそうな気がしたから。

あたし……なにがしたかったんだろう。

こんな姿になって、矢野に近づいて。

最初は、すべてをぶち壊すつもりだった。

だけど、ホントに壊れたのは……あたし自身。

最悪だと思っていた矢野の方がまともで……じつは、あたしの方が最低な人間だった。
　今回のこの出来事は、あたしの心に暗い影を落とした。
「美夜ちゃん」
　トボトボ歩いていると、うしろから寿くんが追いかけてきた。
「あぁ、寿くん……」
「なんでこんなことしたのさ。翔太をだますにしても、やりすぎ。さっきだって、俺が行かなかったら襲われてた」
「大丈夫だよ……」
「そうじゃないから言ってるんだろ？」
　矢野の友達である寿くんと話すのも、気が引ける。
　寿くんは優しいから、あたしが傷ついたと思って、きっとこうして追ってきたんだ。
　最低なことをしたあたしになんて、もうかまわなきゃいいのに。
「ホント、大丈夫だから……それより、矢野についてる方がいいんじゃない？」
「翔太こそ、大丈夫。女関係は、吹っきるの早いから。それより、今回のことは美夜ちゃんだけの責任じゃない。おおかた、想像はついてる」
「そんなこと言って、なにも知らないくせに」
「変装した姿で、翔太をイケメンコンテストに出場させないように説得したってことだろ？　どうりで、翔太が学校に来なかったときにあんなに心配するはずだ」
　どうしてわかっちゃったんだろう。

「……寿くん、すごい。当たってる」

「適当に言ったんだけど。俺ってすごいかも」

ホントに適当なのかはわからないけど、いたずらっぽく笑う寿くんを見て、なぜかホッとした。

自分が抱えていた罪悪感や、矢野にウソをついたことへの負い目。

それが少しだけ軽くなった気がする。

「いーじゃん、べつに。俺ひとりぐらい、美夜ちゃんの味方がいたってさ」

……なんなの、寿くんって。

この底抜けの優しさが、余計に辛いよ。

あたしなんて、放っておけばいいのに。

「矢野との付き合いの方が、長いよね。どうしてあたしをかばうの？」

「そんなの決まってる。美夜ちゃんが、俺のお姫様だからだよ」

は……い？

こんなときに、なんの冗談言ってるの？

なぐさめるとか、元気づけるなら、もっと他に言葉があるはず。

「お姫様……それ、あたしに一番ふさわしくない言葉。イケメンコンテストに出ようとしてた女だよ？」

「そんなことない。美夜ちゃんは、俺のお姫様」

そんな、“姫”を連呼(れんこ)されると照れる。

姫って、美琴みたいな子を指すと思うんだけどなぁ。

「お姫様……かぁ。そんなこと、夢見てたときもあったかな」
　はるか昔、それこそ寿くんと遊んでいた頃。
　女の子はみんな、大きくなったらお姫様になれるんだと信じていた。
　だけどいつしか、忘れていた夢。
「今からでも遅くないよ。俺が美夜ちゃんの王子様になる」
「…………」
　寿くんといると、こんなあたしでもお姫様になれるんじゃないかって、カンちがいしそうになる。
　……な、わけなーい!!
「アハハ、寿くんおもしろい。ムリ、あたしそーいうキャラじゃないから」
　笑いとばすも、寿くんは真剣。
「キャラとか、関係ない。もう……俺の彼女なんだから、いくらでもお姫様扱いするよ」
　え。
「また、その話？　寿くんとは、付き合わないよ」
「ダメ。コンテストで翔太に負けたんだから、必然とそうなるでしょ」
「いやいや」
「ふーん。それなら、全部翔太にバラそうか」
「いっ!?」
　さっきまですごく優しかったのが、ウソのよう。
　そんなイジワルなこと言っちゃう!?
「変装して、翔太に近づいて……。好きになった女が、まさかの美夜ちゃんなんてね。翔太が知ったら、爆発して学校で大暴れするだろうな〜」
「そっ、それは困る!!」
「だろ？　だったら、俺の言うこと聞くしかないよ」
　寿くんが、天使の笑顔でクスリと笑う。
　いや、顔は天使でも、悪魔だ……。
「つっ……付き合うって言われても……あたし、そういうのウトいから」
「いいよ、俺がリードする」
「そう言われても……」
　なんだか、いろいろ納得がいかない。
「美夜ちゃん、意外とあきらめ悪いね」
「当たり前」
「とりあえず、今日から俺の彼女だから。よろしく」
「…………」
　あたしに、拒否権はない……と。
「今度、デートしよ」
「…………」
　もう、なんて返せばいいのかわからない。
　賭けに負けたのは事実だけど、こんな提案を受けいれるわけにはいかない。
「寿くん、過去にとらわれすぎ。今のあたしは、あの頃のあたしとはちがうのに……」
「そうかな、美夜ちゃんは変わってないよ。小さい頃から、イケメンだった」

それ、ほめてます？

いわば、男勝りだったってことだよね。

当たってはいるけど、あの頃のあたしと今のあたしはまったく同じじゃない。

「寿くんこそ、イケメンじゃん。あたしとは、つり合わないよ……」

白王子がオネエと付き合うなんて知ったら……きっと、学校中の白王子ファンがひっくり返る。

「そんなこと。美夜ちゃんは素敵だよ」

この、歯の浮くようなセリフを真顔で言える寿くんって、素晴らしい。

普通の女の子だと、ここでドキッとするんだろうけど。

胸キュン耐性（たいせい）のないあたしは、甘いセリフをかけられても、どうにもテンションがあがらない。

「素敵なんて……。寿くん、どうかしてる」

「そんなことないって。だけど、ひとつ言うなら……初恋だから、美化して見てる部分はあるかも」

初恋……。

寿くんが、はじめて好きになった人が……あたし？

それもびっくりだけど、相手の環境や見た目、性格まで変わってしまっても……まだ想い続けられるほどの威力があるの？

初恋って……。

そういえば、あたしの初恋って……いつだろ。

思い返しても、覚えがない。

気づけば周りは女ばかりで、同性同士、気負わず過ごせる学校生活が楽しくて、恋している暇もなかった。

っていうか、女子校だから、そういう相手が周りにいなかったってのもあるけど。

やばいね……。

あたし、まだ初恋さえ経験してないんだ。

そんな女に愛を語るとか、ムリがあるでしょ。

「寿くん……ごめん、あたし初恋の威力がわからない」

「……へっ？」

さすがの寿くんも、動揺を隠せない様子。

「そういえば、好きな人が……いたことがないんだよね」

「マジ？　そんな子、いるんだ？」

あきれるというより、信じられないといった風。

「ずっと女子校だったし……恋するきっかけがなかった」

「そんなの理由になんない。他の子は、ちゃんと恋愛できてるじゃん。心愛ちゃんとかさ」

うん、たしかにそう。

だけど心愛だって、ケータイ小説のヒーローに恋してただけで、実際には好きな人はいなかったんだから。

「心愛は、恋したがってたから……」

「美夜ちゃんだって、そうなればいい」

「簡単に言わないで。あたしは望んでない」

「そう言わないで、さ。とにかく、しばらく俺と付き合お？　絶対、俺を好きにさせるから」

自信満々に言う寿くんを、なんだか遠くから見ているような感覚に襲われる。

こういうこと言われたら、普通はうれしいのかな。

飛びあがって喜んで、どうしようもないほどドキドキして、胸が熱くなって……。

そうなるもの……？

まるで誰か別の人に起きている出来事かのように、客観視しているあたし。

ドキドキだとか、そういう感情がまったく押しよせてこない。

これは、あたしが異常なのか……。

結局、この日はすんなり帰してくれたけど、明日からどうなることやら。

あたしの日常は、やっぱりしばらく波乱万丈（はらんばんじょう）の予感。

病んでます

「おーはーよ」
「…………」
「ねぇ、昨日って、黒王子の家に行ったんだよね？　お見舞いに行くなんて、美夜ちゃんってホント優しいね。矢野くん、元気になってた？」
　朝、教室に着くなり、心愛が話しかけてきた。
　そうだ、昨日電話で矢野の住所を聞いたんだった。
「いっ、行ってない！　行ってない!!」
　変装して出歩いたことは、一度も心愛に明かしてない。
　昨日のことを話せば、これまでのことすべてを話さなきゃいけなくなるよね。
　もう矢野絡みの話はしたくないのに……。
「行くわけないって。なんであたしがあんなヤツの見舞いに。ただ住所聞いただけだよ……」
「そーなの？　イケメンコンテストも終わったし、和解するためかと思った」
　あ、それもアリだな。
「そうだね……もうムダに矢野とやり合うのは、やめようと思ってる」
「うん、それがいいね」
　それ以上、心愛も昨日のことについてツッコんで聞いてこなかった。

はぁ……矢野が来たら、どんな顔して会えばいいのか。
昨日の今日だし、やっぱ緊張する。
エリカがあたしだって、バレてませんように。

けど、昼休みになっても……矢野は現れなかった。
「矢野、休みすぎ。この調子だと単位落とすな」
男子たちがウワサしている。
たしかに、少し前から休んでる分が蓄積されてる。
もちろん出席日数も関係あるけど、小テストが成績に響く教科もあるし、授業に出るにこしたことはない。
「風邪だから、しょーがないじゃんね？」
ウワサを聞き、心愛がしかめっ面を見せる。
風邪……なら、まだいいんだけど。
エリカが言った言葉を引きずっているんだとしたら、どうしよう。
昼休みの終わりを告げるチャイムが鳴り、着席する。
そして、先生を待つ静寂の中……。
──ガンッ!!
わっ！
突然、ものすごい音が教室に響きわたった。
え、と。
正確には、教室の外……入り口のドアが激しく外側から蹴られた音がした。
「おい～っす」
そうして、のん気に入ってきたのは……。

矢野。

やっと来たよ……。

とんでもない登場の仕方をしておいて、平然とした顔をしている。

それを見た男子生徒は、完全にビビッてる。

矢野が元ヤンだって知ってるからかな。

女子生徒は、矢野のただの気まぐれだと思っているのか、首を傾げているだけ。

それでも、矢野が着席するまで、ずっと視線は注がれたまま。

矢野を見るのはイケメンコンテストの日以来だからか、みんな拝(おが)むよう。

もちろん、あたしのうしろに座るわけだから、みんながこっちを見ているような気がしてしまう。

ま、みんなはあたしを通りこして矢野を見ているんだけど。

当然、矢野だってあたしを見るわけもなく着席。

それでも、矢野がうしろにいるっていうオーラを否応(いやおう)なしに感じる。

この感じ、久しぶりだ。

とりあえず、学校に来たってことは……風邪は治ったんだよね？

ふと、思う。

はじめてなのかな……女にフラれたのって。

だから、機嫌が悪い？

ううん、きっとちがうよね。

女関係は吹っきるのが早いって寿くんが言ってた。

そうだとすれば、今矢野の頭の中では……あたしに勝った＝もう文句を言うヤツはいない、という図式が成りたって、学園の勝者とでも思っているところだろう。

あたしももう、なにも言えない……。

できれば、接触を持ちたくない。

だけど、あれだけ挑発したのにも関わらず、イケメンコンテストの当日に休んでおいて、スルーはないよね……。

「お……おはよう、矢野……」

そう思い、チラリとうしろを振り返り、思いきってあいさつした。

「こっち見てんじゃねーよ。目が腐るわ、オネエのくせに」

なっ……。

「そーいうこと言う!?」

「病みあがりで疲れてんだよ、いたわれ」

「だからあいさつしてるのに……」

くそ。

もう、矢野なんて知らない。

前を向くと、うしろからまだ話しかけてくる。

「マジ辛(つれ)ぇよ……やってらんねぇ」

これは、話しかけてるとは言わないか。

ただの独(ひと)り言(ごと)……。

「はー……なんでだよ、突然いなくなんなよ……」

これは、誰に対する会話？

「あ～、今日授業受けるとかムリ。やっぱ、もう帰ろーかな」

いや、やっぱ独り言。

どっちにしろ、あたしには関係のない……。

「おい、なんとか言えよ」

あっ、あたし!?

例のごとく、イスの座面をガンと足で蹴ってきた。

「痛いっ！」

「痛いわけねーだろ、間接的に蹴ってんのに」

「痛いわっ！」

蹴り方が強烈だから、響くっつの！

このバカぢから。

振り向いて文句を言ってやろうと、首をうしろに向ける。

矢野はうつむきかげんに頬杖をつき、不服そうに目線だけあげてあたしを見ている。

やっ、やる気!?

思わず、身がまえる。

「なんでだよー……お前しか、いねーよ」

ドキッ。

な、なんのカウンター!?

切なそうな瞳で、あたしを見つめてくる。

ま……さか、あたしのこと、バレてないよね!?

寿くんが、言っちゃった？

それとも……？

動揺しまくっていると、矢野がはあっと大きく息を吐いた。

「やべぇ、なんではけ口がテメーしかいねぇんだ」
……はい？
「イライラする……だけど、他のヤツには当たれねーしな」
おいっ！
なんで、あたしはいいわけ!?
矢野のその線引き、まちがってるよ。
「あたしだって、そういう言い方されたら普通に傷つくよ」
にらみながら言うけど、聞いちゃいない。
「も、いーわ。前向け？」
なんなの、コイツ。勝手すぎる！
言うとおりにするのもしゃくだけど、もう用もないし、黙ってそのまま前を向いた。
あ〜、早く席替えしたいよ……。

そのあとの授業中、矢野はおとなしかった。
それもそのはず、机に突っぷして爆睡。
こんなでも、欠席よりかはだいぶマシか。
とりあえず、出席数はカウントされるからね。
今日は5時間目で終わり。
帰る準備をしていると、寿くんがやってきた。
「美夜ちゃん、帰ろう」
「あー、ちょっと寄るところがあるから、一緒に帰れないの。ごめんね」
ホントはとくに用事もないんだけど。
これは、寿くんから逃げる口実（こうじつ）。

「そか。わかった」

寿くんは矢野に声をかけたあと、先に教室を出ていった。

「おい」

うしろの席から、矢野があたしに声をかけてきた。

「なに？」

矢野を見るでもなく、軽く振り向きボソッと言う。

「俺との約束、守れよな？　寿と、付き合うって話」

げ、やっぱそれ有効なの!?

寿くんだけが本気にしてるだけだと思ってたのに。

そして、今の言葉で確信した。

矢野は、やっぱりあたしがエリカだって気づいてない。

ホッとしていたら、矢野が続けて話してきた。

「お前、寿のことなんで避けてんの？　いーじゃん、１回付き合ってみればさー」

「簡単に言わないで。べつに、彼氏なんてほしくないから」

「はー？　そんなこと言えるご身分か？　負けたんだぜ、お前、俺に」

いや、わかってるけど……。

「男に二言(にごん)はない」

って、あたし男じゃないし。

男勝りってところで、留めておいてほしい。

「あー、ウザいな」

「お前のいいとこなんか俺にはさっぱりわかんねぇけど、寿は気に入ってるみたいだから。そーいう気持ち、ムゲにすんなよ」

　わかったようなこと、言わないで。
　好きでもない相手と付き合うなんて、矢野はできる？
「そこまで言うなら、寿くんと付き合ってもいいよ」
「なんで上から？」
「で、思いっきりフるってのもありだよね。矢野が今まで他の子にしてきたみたいに」
「はぁ？」
　矢野が突然、立ちあがった。
　ガタンと、机が大きな音を立てる。
　気づけば、胸ぐらをつかまれていた。
「お前……今、なんて言った？」
　きっと、あたしが言った言葉は聞きとれていたはず。
　あえて聞いているだけで、もう一度言ったら……たぶん、殴られる。
　それがわかるほど、矢野は殺気立っていた。
　あたしもそこまでバカじゃない。
　グッと唇を噛みしめ、もうなにも言わなかった。
　……ううん、正確には、言えなかったんだ。
　自分から招(まね)いたことだけど、恐怖で動けない。
　それほど矢野の迫力に圧倒され、そして、なんだか絶望感にさいなまれていた。
　矢野のあたしに対する態度。
　こんなの、女子に対してするものじゃない。
　あたしを……男としてしか見てないってことだよね？
　矢野は、女なら誰でもいいようなヤツ。

　だけどあたしは、女じゃない。
　けど、エリカを好きだと言う。
　それって……どういうこと？
「わかった……付き合えば、いーんだよね」
　投げやりに言うと、ムリやり矢野の腕を引きはがした。
　好きとか、そうじゃないとか……もう関係ない。
　あたしは、コイツとの賭けに負けたんだ。
　それを受けいれる……ただ、それだけのこと。
　なのに、どうしてこんなに納得がいかないのか。

「寿くん……よろしくお願いします」
　次の日の朝。
　教室に現れた寿くんにあたしが頭をさげたことで……学校中がパニックに陥った。

☆
☆
☆
☆

第3章

はじめての彼氏は、○王子

ハツカレ

今日、生まれてはじめて……彼氏ができた。
しかも、極上の。
学校中でアイドル的人気を誇(ほこ)る、白王子こと寿くん。
ウワサを聞きつけた数十人の女子が悲鳴をあげ、倒れたって聞いた。
だって相手が、まさかのあたしだから。
かわいい子ならまだしも……あたしだよ？
誰だって、イヤだよね。
あたしだって、どうしていいのかわからない。
「とりあえず、一緒に昼飯食お～」
昼休みになり、寿くんがあたしの席までやってきた。
それを見た心愛は、もう大興奮！
ふたり、お似合いだよ～なんて言ってる。
それ、かなり苦しいから！
だって、あたしたち……どう見てもお友達。
男同士でつるんでる、みたいな。
まあ、一応スカートはいてますけど？
男みたいなあたしが、寿くんと付き合う意味がわからない。
「中庭、行こっか」
中庭といえば、カップルの集まる場所。
「人いっぱいいるし……気まずい……」

「え、なんで？　あ〜、人気のないところがいい？　美夜ちゃん、意外に大胆だね〜」
「ちっ、ちがーう!!」
「アハハ、わかってるよ。見られてウワサされるのがイヤなんだよね」
　わかってたんだ！
「べつに気にする必要ないのに。俺が美夜ちゃんを好きなんだから、それだけでよくない？」
　ここは、ドキッとする場面なのかな。
　全然響かないあたしが、おかしいんだよね。
「うーん……」
「ま、いーや。部室裏がひっそりとして、過ごしやすいよ」
　ひっそりって……なんだか怪(あや)しい響き。
「警戒(けいかい)しなくていーよ。なんにもしないから」
　そう言いながら、手ぇ繋ごうとしてるのは誰っ!?
　あわてて、うしろに飛びのいた。
「さっ……さわるの、禁止!!」
「ハハ、気づかれたか。だって、離れて歩すぎ。もっと近づきたいし」
「いやー……」

　しばらく歩き、部室裏にやってきた。
　校舎から少し離れていることもあり、ひとけがない。
　木がうっそうと生(お)いしげり、ホントに“ひっそり”という言葉がぴったり……。

花壇(かだん)の端に腰かけるように言われ、腰をおろすと……。
「付き合うって、どーいうことかわかってる？」
寿くんがあたしの前に立ち、顔をのぞきこんでくる。
顔と顔が近づいて、もう驚かずにはいられない。
この体勢って、もしかして……キス!?
「や……ちょっと、待って!!」
あわてて体をのけぞらせる。
「べつに、なにもしない。付き合うって警戒することじゃないよ」
びっ……びっくりした！
あたしのカンちがいだったんだ。
「警戒するようなことしてるの、寿くんでしょ？」
「だって普段、俺の目ぇ見てくんないし。ここなら、顔を合わせて話せるかなって」
それにしては、近づきすぎ！
「そっ、そうだ……お昼ご飯、食べよ？」
ふるえる手で、持ってきたお弁当を開く。
や、やばい。
あたし、ガチガチだ。
これは、なに？
「美夜ちゃん、いつも弁当なんだなー」
あたしのお弁当を見て、寿くんがつぶやく。
「寿くんは、いつもどうしてるの？」
いつも、お昼は矢野や他のメンバーとどこかに消えているはず。

　学食で食べているのか、購買でパンを買って食べているのかは知らない。
「いろいろ。美夜ちゃん、明日から俺の分も作ってよ」
　チーン。
「いや、ムリ」
「なんで？　愛妻（あいさい）弁当、食べたいな～」
「妻（つま）じゃないし！」
「いや、そこはニュアンスで」
　クスクスと笑っている寿くんに爆弾を落とすようだけど、この際はっきり言っておこう。
「あたし、料理できないの」
　ここで女子力のなさを、アピール。
　これはウソでもなんでもない。
「あー、なるほどね」
「だから、弁当作るのムリ。これ、妹の美琴が作ってくれてるんだ～」
「へー、自分で作んないんだ」
「あのね、あたしに女子を求めてもムリだよ？　全然なにもできないから」
　これで付き合うのやめるって言ってくれないかな……。
「わかった。だけど、そのうち女子に目覚めるかも」
　やっぱりダメか。
「うーん、それはない」
　生まれてこのかた、女の子らしく振るまったことがないし。

「そーかな？　俺と付き合えば、きっと変わるよ」
　前に立っていた寿くんが動いたから、また顔をのぞきこまれると思って警戒したけど、今度は普通に隣に腰かけただけだった。
　そして、ポケットからつぶれたパンを出した。
「え……パン、つぶれてるけど」
「今朝、急いでコンビニで買って、気づいたらつぶれてて」
　それにしても、つぶれすぎ。
　アンパンが座布団みたくなってる。
「丸めて食べたら、たしかに食事の時間が短くてすむよね」
「そっち？　やっぱ美夜ちゃん、女子じゃないな～」
　ひどっ。
　寿くんだって、やっぱりそう思ってるんだね。
　苦笑いしていると、寿くんはつぶれたアンパンにかじりつく。
「こんなパン見たら、あたしの食べて、とかさ。今まで付き合った子なら、そう言ってた」
「えっ、まさか、わざとなの!?」
「“寿くん、思ったより抜けててかわいいね。しょうがないな～、お弁当作るよ”ってね。美夜ちゃんは、やっぱり一筋縄ではいかないな～」
　こっ……この男……意外に腹黒い？
　寿くんのことが、ますますわからなくなってきた。
「ね、翔太とどこまでしたの？」
　……はい？

　思わず、弁当箱を膝から落としそうになった。
「どこまでって……はい!?　べつに、あたしはなにも」
「昨日はベッドの上にいたし。それに、あんなにデレた翔太、見たことないんだよな～。美夜ちゃん、なにしたのさ」
「あたしがなにかするわけないでしょ!?　そんなっ……まさか……」
　って……キスはした。
　たしかに、すごいのをお見舞いされた。
　思い出しただけで、顔から火が出そう。
　いや、したんじゃなくて……あれは、事故。
　あたしだって、気が動転して……なにが起きたのかわからなかったんだから。
「まっ赤じゃん。当てようか？」
「キッ……キス！　キスまで……」
「は～、そうか。キスしたんだ」
　ジトッと見られる。
　いや、これも黙っておくべきだった？
「翔太ばっかりずるいから、今ここで俺らもしよーか」
　寿くんがあたしに顔を寄せてくる。
「いや～っ!!　ちょっ、待てっ!!」
「初々(ういうい)しいな～。そーいうところに翔太もハマったかな」
　へ？
　寿くんが、はぁと小さく息を吐く。
「俺らの周り、美夜ちゃんみたいなピュアな子いなかったんだよな～。男性恐怖症とか、反則でしょ」

「なんのルールにのっとって、反則なの？」
「いや、そこツッコんで聞くとこじゃないから。それに今、大丈夫じゃん。もう、男へーキになった？」
　わっ。
　寿くんが至近距離であたしを見つめる。
　意識しはじめると、やっぱダメ。
　耐えきれず、プイと顔を背ける。
「全然、慣れないよ。男の子って……なんか、怖い」
　華奢に見えるのに手はゴツゴツしていて、喉もとの骨だったり、骨格が女の子とはちがっていて、声だって低いし、やっぱりちがう生き物。
　寿くんは優しいけど、その優しさの裏になにが潜んでいるのかわからない。
　こんなの、警戒しすぎかもしれないけど。
「その怖さを、俺が取りのぞいてあげるから。信じて？」
　そう言って、あたしの手を握ろうとしてくる。
　その行動が、あたしを怖がらせてるのに。
　この期に及んで、なにを信じてと？
「そーいうところが、ムリ」
　パシッと手を払う。
「ええっ、ひどいな」
「ひどいのは、どっち？」
　ムッとしながら言うけど、寿くんはやんわり笑っている。
　こたえてないよねー。
「この学校の子、みんな中学のときから女子校だから、ピュアだよ？　他あたって」
「そんなこと思ってるの、美夜ちゃんだけだよ。この学校の子、そうでもないよ」
「なに言ってるの？　そんなことない」
「情報ばっか先行して、意外と俺らよりいろいろ詳しいらしい」
「いろいろって？」
「俺もよくわかんないけど。翔太が言ってた」
　そうなんだ……。
　ウトいのは、あたしだけか。
　って、そこで納得してる場合じゃない！
「ふぅ……」
　思わず、ため息が出た。
「俺を隣にして、ため息かー。へコむな」
「全然そう見えないんだけど？」
　かなりさわやかな顔で笑っている。
「顔に出さないだけだよ」
「そうなんだ……」
　そういえば、寿くんはいつも優しい。
　声を荒らげて怒るところも見たことがない。
　まあ、矢野とちがってトラブルを招くタイプではないから、そういう状況になることも少ないだろうけど。
「美夜ちゃんのこと、マジで好きなのになー」
　ニコニコと微笑みながら言われると、照れるけど、やっぱりうれしい気持ちはある。

「……ありがと」

それでも、緊張するから目は見られない！

「ま、美夜ちゃんに合わせて……ゆっくり進んでいけばいっか。なんか、不完全燃焼だけど仕方ない」

寿くんは、ホントに優しい。

「どうしてあたしなんか……」

「自分のこと、そういう風に言うのよくないよ。俺は美夜ちゃんのことが、ずっと好きだったんだから。これからもこの気持ちは、ずっと変わらない」

なんだか、心があったかくなる。

このまっすぐな気持ちを受けとめるだけでいいのに。

そんな簡単なことが、どうしてあたしはできないのか。

これから、寿くんと付き合う……んだよね。

想われるって、すごいことだ。

あたしとの子どもの頃の思い出だけを軸(じく)に……想いを貫(つらぬ)く。

そんな一途(いちず)さ、あたしにはあるのかな。

そもそも、好きって気持ちがわからない。

相手を思いやる気持ち、大切に思う気持ち。

友達に対するそれと、なにがちがうの？

もちろん、こうして隣に座っていると、それなりにドキドキはするんだけど。

慣れなくて緊張してるだけっていうか、男に免疫がないっていうことの表れなだけな気がする。

「キス、しよ」

え。

ええええ――っ！

寿くんが、あたしの肩に手を添（そ）えて微笑む。

「しっ、しません!!」

両手で顔をおおうと、クスリと笑みを返された。

「やっぱ、ムリかー。流れでイケると思ったんだけど」

寿くんって、悪魔……かも。

「白悪魔……」

「うん、たまに言われる」

確信犯!!

こんな寿くんとあたし、これからいったい、どうやって付き合っていけばいいの!?

誰か教えて！

この気持ちを言葉で表すなら

──キーンコーンカーンコーン。

つっ……疲れた……。

拷問(ごうもん)のような昼休みが終わり、やっと教室に戻ってきた。

途中で寿くんは購買に行くと言って、別行動に。

そこでやっとあたしは解放された。

自分の席に着き、次の授業の準備をする。

「ねぇ、どうだった？　白王子と付き合った感想」

ちょうど教室に戻ってきた心愛が、あたしにそんなことを聞いてきた。

「どうって……まだわかんないよ。一緒にお昼食べただけだし」

「いきなり、チューとか？」

「ああっ……あるっ、あるあるあるわけないしっ!!」

カミカミのあたしを見て、心愛が絶句する。

このあわて方は、認めてるようなもの。

ってことで、再度否定！

「ホントに、ないから！　その気のないあたしに、寿くんが強引にそんなことするように見える!?」

何度かされそうにはなったけどね、そこは言わなくてもいいこと。

「そーだよねー。相手の気持ちをムシして、そんなことしなさそう。美夜ちゃん、全力で拒否しそうだし」

「当たり！」
　寿くんの名誉のために、とりあえずそういうことにしておこう。
　白王子が白悪魔なんて知ったら、きっと驚くもんね。
　──ゴン。
「痛っ！」
　急に頭に痛みが走り、あわてて後頭部(こうとうぶ)を押さえる。
「あ、わり」
　矢野が、あたしにカバンをぶつけたみたいだった。
　偶然、じゃないよね？
「ちょっとー、気をつけてよ」
「謝ったろ」
「そーいう問題じゃないし」
「だったら、どーしろっつんだよ」
　寿くんとのことでモヤモヤして、矢野に当たってるって自分でもわかってる。
　だけど、どうにもムカつくから仕方がない。
「矢野は、顔に誠意(せいい)がない」
「なにっ？」
　それには心愛も、思わずクスッと笑っていた。
「お前、寿と昼飯食ったの？」
「だったらなに？」
「付き合ってんだなー、マジで」
　あんたが、そーしろっつったんでしょーよ。
　あらためて、なんなの？

「アイツ、手ぇ早いから気をつけて」
　はい!?
「そんなの、心配ご無用。寿くんは、矢野みたく野獣（やじゅう）じゃないから」
　言葉では言われたけど、強引にはされなかった。
「寿が女に手ぇ出さないなんて、ありえない」
「えっ……」
「ハイ！　そこ、そんなことないよ！っつーとこだから。否定しないってことは、なんかされたんだな～」
　ニヤニヤと見られて、なんだかとっても複雑。
「されてない……寿くん、あたしの気持ちを優先するって」
「へー、アイツが？　めずらしい」
　……もう、なにも言えない。
　寿くんって、そんな危険人物なんだね。
　そんな風に言われると、ふたりっきりで会うのが怖くなってきた。
「お前には、本気なのかな」
　矢野はカバンを机の上に置き、ドサッと勢いよくイスに座る。
　うつむきかげんに話しているから、若干聞きとりづらかったけど、たぶんそう言ったはず。
　寿くんが……あたしに、本気……。
　だから、いつもとはちがうってこと？
「そんなに、いつもの付き合い方とちがうんだ？」
「なんてな、さすがにオネエに手は出せねーか」

　コイツ……。
「まだあたしをオネエ呼ばわりする？」
「だってなー、お前と付き合うとか、全然想像できねぇ。手繋いだら骨砕(くだ)かれそーだし、キスしようもんなら唇噛みきられそー」
「あたしは狂犬(きょうけん)かっ」
「ハハハ、犬じゃなくて、男だっつってんじゃん」
　犬と言われた方が、マシかもしれない。
「矢野ってホント、口悪いよねー。あたし、仮にも女子なんだけど。そこまで言われたら、傷つくって思わないの？」
「言い返してるうちは、大丈夫だろ」
「そんなことないから。すっごく、傷ついてるよ……」
　女なのに、女と認めてもらえない。
　以前から、学校では女扱いはされてないけど、矢野にされると、なんだかとてつもなく不愉快(ふゆかい)。
　それがどうしてなのか……あたしにもわからないんだけど。
「傷ついた？　そか、ごめんな」
　神妙な顔つきになるでもなく、その貼りつけたような笑顔はなに？
　ホンット、矢野って……。
「だから、顔に誠意がないって言ってるよね。そこで笑わないで」
「はー？　マジメな顔で言えってか」
　とたん、矢野の顔から笑みが消えた。

うつむきかげんになり、あたしを見あげるようにして見つめる。

なっ……なに、言われるの!?

「ごめんな。俺が悪かった……」

えっ……。

「寿と仲いーし、ヤキモチ。お前、俺のこと眼中にねぇじゃん。それがくやしくて……」

矢野があたしの手を取る。

ひゃっ……。

ドキッとして固まってしまう。

どうしたの？　矢野があたしにこんなことするなんて。

ドキドキしていると……。

「なーんてな……」

わっ……しまった!!

矢野の冗談にみごとに反応してしまった。

もう、燃えてるみたいに顔が熱い。

「お前……」

「こっ、これは……なにかの、まちがいっ」

矢野の手を振り払い、前を向き顔を手で覆う。

さっ、最悪……なんで、こんなヤツに赤くなってるのよ！

「へぇ、意外といい反応するね～」

あたしをからかうような声が、背中ごしに聞こえる。

もう、話しかけないで。

ヤダヤダヤダヤダ……。

「本気にすんなって、お前なんか眼中にねーから」

あたしだって、矢野なんか眼中にない！
あんなウソっぽい言葉……本気にするわけないし。
首を横に振りまくる。
「美～夜ちゃん。まさか、俺のこと好きなの？」
わーっ!!
聞こえてきた矢野の声から逃げるように、あたしは教室から飛びだした。
そんなわけ、ない！
絶対に、ない!!
頭ではわかってるのに、燃えるように顔が熱い。
もう、この状況に耐えられないよ。
はぁ、はぁ、はぁー……。
廊下を駆けぬけ、屋上へとやってきた。
今、どうしてもひとりになりたい。
誰かにこんな顔見られでもしたら、大変だ。
あぁ、顔が熱い……。
頬に指を添え、熱が引くのを待つ。
もう、男に免疫なさすぎ！
からかわれてるのに赤くなるとか、はずかしすぎる。
本気にしてないはずなのに、照れてる自分がいる。
はああ……。
矢野に、ドキドキしたわけじゃない。
アイツが、あんなことするから……。
あたしの弱点を知られてしまった。
もう、どんな顔して教室に戻ればいいのかわからない。

『俺のこと好きなの？』

なわけないし！

なのに、なんだか切ない。

胸がギュッと苦しくなる。

あたしを挑発する笑み、バカにするような言葉。

そのどれも……エリカには向けられなかったものだ。

学校での普段のあたしには、イジワルばかり言うのに。

それと同時に、ショックを受けているあたし。

中身は同じあたしのはずなのに、扱いがこうもちがうなんて……。

矢野の態度がちがいすぎること、それがなんだかとってもくやしい。

べつに、あんなヤツに女として見られたいわけじゃない。

そう思うのに、モヤモヤする。

なぜか、エリカに嫉妬すら覚える。

あなたは受けいれられて、どうしてあたしじゃダメなの？

それは、矢野を好きとか、そんな気持ちとはちがう。

だけど、好意的に接してこられたり、甘い言葉や優しい瞳を向けられると……どうしてこんなにも、切なくなるの？

寿くんと接しているときとはちがう、この不思議な気持ち。

言葉で表すとすれば……どういう言葉が一番しっくりくるんだろう。

手に入らないモノほど、ほしくなる？
ううん、まさか……そんなこと、ない。
あたしは矢野のことが嫌い。
そうだよ。
ただ……アイツの態度に納得がいかないだけ。
あたしは何度も、自分にそう言い聞かせていた。

交際宣言

　結局、教室に戻ったのは６時間目の前。
　教室に入るなり、クラス全員の視線があたしに集中。
　なっ……なに？
　キョドッていると、心愛が走ってきた。
「どこ行ってたの!?　心配したよ！」
「あー……うん、ちょっと頭を冷やしに」
「そうなの？　あのね、さっき寿くんがね……」

「えええええええ――――っ」
　心愛の言葉に、一瞬気を失いかけた。
　さっきあたしがいない間に、クラスのみんなに勝手に交際宣言(せんげん)をしたらしい。
　『今日から、白鳥美夜ちゃんと付き合うことになりました～』って。
　ただのウワサだと思ってる子もいただろうに、これでみんなに知れわたってしまった。
「勝手なことしないで」
　席で他の男子と話している寿くんのもとへと駆けよる。
「あ～、美夜ちゃん。おかえり～」
　さわやかな笑顔で、あたしを迎えいれているけど……。
「笑ってる場合じゃない！　どうしてみんなに言っちゃうの？　付き合うとか、べつに……」

「怒らないで。だって、いずれわかることだし。早い方が、傷の治りも早い」

……は、傷の治り？

そこで、心愛があたしの背中を突っついた。

「白王子が美夜と付き合うって知って、泣いてる子がクラスにいた」

そういうことか。

「わざわざ言わなくてもいいことって、あるよね？　ムダに傷口を広げる必要ある？」

相手があたしだってことに、きっと余計腹も立つはず。

「逆に言わせてもらうと、隠す必要もないだろ？　あとでバレてこじれる方が、俺はイヤ」

それも、もっともな意見。

だけど、いきなり言う必要もないって、あたしは思うんだ。

「ワンクッション入れようよ。べつに今日じゃなくてもよかったはずだよね？」

「だね。ごめんね？」

うっ……。

矢野とはちがい、素直に謝ってこられると……あたしもこれ以上責（せ）めることはできない。

「わかった……けど、付き合うっていっても、あたしたち友達となんら変わりないよね」

「俺はそのつもりはないけど」

「めっ、めげないよね」

「ハハ。けど、言ってよかった。これで美夜ちゃんに悪い虫がつかなくなる」
　えっ？
「あたしにつく虫なんて、いないよ？」
「そ？　これからなにが起こるか、わからないからね。少なくとも、俺の知ってる美夜ちゃんは、すごく素敵な女の子だから」
「イヤ〜ッ！」
　話が聞こえていたのか、クラスの隅っこで叫ぶ声が聞こえた。
　あれはたしか……寿くんのファンの子だ。
「寿くんが白鳥さんと付き合うなんて、イヤァ」
　泣いてる。
　ううっ、あたしだってイヤだよ。
　かわれるものなら、かわってほしい。
「そんなに泣かないで……きっと、物めずらしさからだよ。そのうち別れるから……」
　しっかり、聞こえてますよー！
　あの子たち、ひどくない!?
　まあ、文句を言いたくなる気持ちもわかるけど。
「ああいうこと言うから、美夜ちゃんが傷つくんじゃん。気にしなくていーよ」
　寿くんのフォローがうれしい。
　あたしが全面的に悪いわけじゃないけど、あんな風に泣かれると、罪悪感だけが募るから。

「ありがとう……寿くん」
「うん。彼女を守るのが、彼氏の努めだからね」
　ホントに、優しいな。
「寿くん……なんか、昔とちがうね。強くなった……」
　少なくとも、昔の寿くんはそうじゃなかった。
　いつも泣いていて、弱虫だったよね。
「まーね。ずっと同じじゃいられない」
「だよね？　あたしも変わったよ。だから、過去のしがらみにとらわれず、今一番、自分が必要としてる子を探した方が……いいんじゃないかな」
「そんなこと言って、俺を遠ざけるつもり？」
　完全に、読まれてる。
　名案だと思ったのに！
「そういうつもりじゃないけど」
「今の美夜ちゃんも、俺に必要ってこと。とにかく、これからよろしく」
「…………」
　とりあえず、もうなにも言わないでおこう。
　いくら言ってもわかってもらえそうにないし、なりゆきに任せるしかないよね。
　席に着こうとすると、矢野が席に座ってるのがイヤでも目に入ってくる。
　うしろの席だからね……こればっかりは、避けられない。
　着席する前に、矢野と目が合った。
　ドキン！

わ。

やば、見なきゃよかった。

矢野と目が合うと、最近ドキドキするのはどうしてだろう。

こっちを見ないでほしいって思うあまり、過剰反応してるのかな。

まだ見てる……。

なにもかも見すかすような、その瞳が嫌い。

あたしの変装を見やぶったとか、ないよね？

目をそらし、席に着いた。

あんなにあたしの方を見ていたのに、話しかけてくるでもなく……なんなの？

結局、そのあとも矢野は話しかけてこなかった。

いつもなら、なにか言ってきそうなものだけど。

もしかして、あたしの知らない間に、寿くんが矢野になにか忠告したとか？

もうケンカするなとか、からかうな……とか。

なんとか、自分の都合のいい方へ考えてみる。

うしろにいる矢野の気配を感じつつ、なんだかずっと矢野のことばかり考えていた……。

「美夜ちゃん」

今日すべての授業が終わり、気づけば寿くんが目の前にいた。

「あっ……寿くんか」

なぜか、そんな言い方をしてしまう。

一瞬、矢野が話しかけてきたのかと思ってしまった。

さっきからあたし、矢野のことばっかり考えてる……。

「俺で悪かった？　一緒に帰ろうって誘いにきたのに」

「うーん……」

「そこで悩む？　傷つくな～。ま、イヤなら、うしろついて歩くよ」

「お前は、ストーカーか！」

すかさず、うしろの席の矢野からツッコミが入った。

あたしたちの話、聞いてたんだ？

「寿、男がさがるから……もちっとプライド持て？」

矢野があきれたように、息を吐く。

「べつに、美夜ちゃんのためならどうなってもかまわないよ」

あたしのためなんて、もったいない。

「寿って、そんなだっけ？」

「なんでもいい。美夜ちゃんと付き合えるなら」

「ふーん。そんないいか？　その女……」

ムッ。

言い返そうとしたら、反論するのは寿くんの方が先だった。

「翔太、言いすぎ。俺の女なんだから、それ以上言ったらマジで怒る」

ニコニコしているから、全然迫力ないんだけどね？

矢野は、あきれっぱなし。

「俺の女……ね。モノにしてから言えよ」
「美夜ちゃんの気持ちを大切にしたいんだ。そーいうのより、心がほしい」
「そう言ってる時点で、お前の女じゃねーじゃん。さっさとしねーと、やばいぞ。その浮気女」
　浮気女って、なに？
　これにはあたしも、食いつかずにはいられない。
「矢野、どういう意味……」
「どんな男にもしっぽ振る……っつってんの」
　なっ……。
「まさか、美夜ちゃんが？」
　寿くんも、あきれている。
「さっき俺が手ぇ握ったら、顔まっ赤にしてやんの。あーいう顔、きっと誰にでもする」
「ぶっ、ぶわっかじゃないの!?」
　バカじゃないのって言おうとして、噛んだ。
　たしかに赤くなったけど！
　誰にでもしっぽ振るなんて言い方はひどい。
「そーいうんじゃない。美夜ちゃんは、ただピュアなだけ」
　寿くんのフォローがうれしすぎる。
「ピュア……ねぇ」
　なんだかバカにするような目つきで、あたしを見ている矢野。
　くっ……くやしいけど、なにも言い返せない。
　よく言えばピュアだけど、ただ男に免疫がないだけ。

　さっきは矢野が『俺のこと好きなの？』なんて言い方するから、赤くなっただけって反論したいけど、寿くんの前だと言いにくい。
「だいたいねー！　寿くんと付き合えって言いだしたのは、矢野でしょ？」
　噛みつくように言うと、失笑している。
「ハハハ、そーだった。お前がくやしがる顔が見たかったんだよな」
　なんてヤツ……。
　こうなったら、逆のことをするしかない。
　あたしは口角(こうかく)をあげ、笑みを作る。
「くやしい……なんて、一言も言ってないし」
「我慢すんなよ。俺に負けて条件のんで、くやしいってのが顔に出てる」
　矢野がそう言うのを聞いて、寿くんの表情が少し曇った。
　ムリやりな条件だったことはたしかだけど、寿くんは本当にあたしを想ってくれていて……。
　矢野が腹立たしいからって、条件をイヤイヤのんだことを態度に示すのは、ちがう気がしてきた。
　そうだよね……。
　それって、潔くない。
　風邪でぶっ倒れてなくても、きっと矢野にはコンテストで負けたと思う。
　条件を突きつけられたときに、断るべきだった。
　だけどあたしは、それをしなかったんだ。

それなのに抗(あらが)い続けるのは、寿くんに対しても失礼だし、あたし自身のプライドにかけてもそう。

負けたなら負けた者なりに……付き合う努力をすべきかも。

「ごめん、今までのあたしの態度って彼女っぽくないよね。寿くん、帰ろう」

ガタッと勢いよく立ちあがる。

さっきは帰るのを渋(しぶ)っていたあたしが、すんなり受けいれるのを見て、寿くんも少し驚いていた。

だけど、言葉には出さず。

「つーこと。翔太、またな」

先に歩きだしたあたしに続き、寿くんも足早に教室を出た。

声をあげて泣いている女の子もいるけど……もう、そんなの関係ない。

あたしは、この運命に身を任せる。

寿くんなら、きっとあたしを女の子にしてくれる。

もう、後戻りはできないんだ……。

女の子レッスン

　あたしと寿くんが付き合いはじめたことは……あっという間に学校中に広まった。
　女子校の王子で通っていたあたしが、白王子と付き合いはじめたことがおもしろいらしく、みんな興味本位の目を向けてくる。
　白王子のファンからは恨まれ、正直言って居心地が悪い。
　学校にいても、なんだか落ちつかない日々が続いていた。
　そんな状態がしばらく続いた、ある日。
「お姉ちゃーん」
「どうしたの、美琴」
　夜、家のリビングでテレビを見ながらくつろいでいると、美琴がやってきた。
　いつもならとっくに寝てる時間なのに、まだ起きてるなんて。
「それがね、明日なんだけど……創立記念日で学校休みなんだ〜」
　そうなんだ？
「それでね、ウチで友達とケーキを作ることになって」
「ケーキ……」
　これまた、女子的なイベントだね。
　あたしには、まったく縁（えん）のないモノ。
　寿くんとは付き合っているものの、たいして進展もなく、とりあえず仲のいいお友達関係を続けている。
「それでね……好きな人に告白するの！」
　突然の、カミングアウト。
　まさか、美琴に好きな子ができるなんて。
　コクられるばっかりで、そんなことにはまったく興味がないと思ってたけど、やっぱりそういう年頃なんだね〜。
　いつまでたっても恋できないのは、あたしだけか。
「美琴、好きな人ができたんだ？」
「うん、そうなんだぁ……明日、家に呼んでるの。お姉ちゃんにも会ってほしいな」
　え、あたしも!?
「あたしはいいってば〜」
「そんなこと言わないで!?　ここまで来られたのも、お姉ちゃんのおかげだもん」
　美琴の恋の応援をした覚えはないし、そう言われてもとまどう。
「えー……」
「そうだ、一緒にケーキも作ろう！　寿先輩にも渡したら？」
　美琴には彼氏ができたことは伝えたけど、会わせたことはない。
　細かく聞かれたから、学校では白王子と呼ばれている優しい人だってことを話した。
　そして昔の知り合いで、共学になって再会したことを話したら、運命だって大はしゃぎしてたっけ……。

「ええっ、そんなのいいよ」
「よくないよ～。彼氏なのに、なにもプレゼントしたことないんだよね？」
「プレゼントなんて……べっ、べつに誕生日でも、クリスマスでもバレンタインでもないし。あげる必要なくない？」
　まぁ、たとえイベントがあったとしても、あたしと寿くんのつかず離れずの今の状況では、プレゼント交換なんて雰囲気にはなりそうにないんだよね……。
「ケーキだし、プレゼントってかまえなくても大丈夫だよ。明日一緒に作って、次の日学校に持っていってね」
「そ、そんなこと言っても……あたし、明日学校だよ？」
「お姉ちゃんが帰る頃に作ろ～。それまではクッキーを焼く予定」
　へー……。
　美琴って、お菓子（かし）作るの好きだったんだ？
　あたし、これまでほとんど家にいなかったから、知らなかったよ。
　女の子って感じだね～。
　もはや他人事。

　そして、次の日の朝。
　学校に行く準備をしていると、玄関から声が聞こえてきた。
「おはようございまーす」
　……ん？

「おじゃましまーす」
　えええええええ――――っ。
　こんな朝っぱらから来るわけ!?
　みんな元気だなー。
　ゾロゾロと、中学生が家の中へ入ってくる。
「お姉ちゃん、あそこにいる子。青いシャツ着てる……」
　美琴が走ってきて、こっそり耳打ちする。
　指さす先には、整った顔をした男の子が立っていた。
　友達に囲まれ、うれしそうに微笑んでいる。
　へー、美琴ってメンクイだな。
　中学生だからまだあどけない顔をしてるけど、将来有望(ゆうぼう)なイケメンっぷり。
「カッコいいでしょ。すっごく優しいんだぁ……この間も、他の男子に告白されてうまく断れなかったときに助けてくれて……」
「そうなんだね。美琴とお似合いだよ」
「そっ、そんなこと……でも、うれしい。今日がんばるね」
「うん、がんばってね」
　男の子と目が合うと、あたしを見てはずかしそうに頭をさげている。
　美琴も、本人の前でカッコいいって言っちゃうあたり、素直だなぁ。
　ふたりは、かわいいカップルになりそう。
「じゃ、あたしは学校に行ってくるね」
　美琴たちを残し、学校へ。

付き合い始めてから、毎朝寿くんと駅前で待ち合わせている。

最初は気はずかしい気持ちもあり、行くのが億劫(おっくう)だった。

けど最近は、ちょっと気になることがあって、それを確認するために行ってるような節(ふし)がある。

駅に着くと、改札前に寿くんの姿を見つけた。

また女の子に囲まれてるよ……。

気になるっていうのは、このこと。

他校の女子生徒と、写真を一緒に撮っている。

さすがにウチの学校の子たちはもう、寿くんを囲んで騒ぐってことはないんだけど、他校生は遠慮(えんりょ)がないからこんな光景によく出くわす。

寿くんって、頼まれるとイヤって言えないんだよね。

優しいんだけど、あれでは女の子たちが群がる一方。

静かに近寄ると、寿くんがあたしに気づいた。

そして、軽く手をあげる。

「美夜ちゃん、おはよ。あ〜、ごめんね。彼女と待ち合わせしてるから」

そう言い女子をかきわけ、あたしの方へと駆けよってくる。

……気まずい。

女の子たちの視線が、毎度痛すぎる。

うしろから突き刺さるような視線を浴びながらの登校。

正直……かなり気分がよくない。

「どーしたのさ。顔がこーんなになってる」

あたしを見てうれしそうに目尻を引っぱり、目を吊りあげている寿くん。

「あたし、そんな顔してる?」

「してる～。俺が女の子と一緒だったから、妬いた?」

「そっちじゃない」

「え、どっち?」

キョロキョロとあたりを見まわしている。

今、方向の話してないからね。

もうツッコむ気にもなれない。

女の子の視線が痛くて、あたしの顔が攻撃的になってるだけなのに。

駅のホームへ移動し、ちょうどやってきた電車に乗ると、やっと彼女たちからの視線から逃れられた。

……ふう。

それにしても……自分で妬いてるわけじゃないと言いつつ、なんだろう。

女の子と一緒にいる寿くんを見たあとの、このおもしろくない感じは。

きっと、気のせいだよね……。

そのあとは、他愛もない会話をしながら学校へと向かった。

最近、この流れにも慣れてきたかも。

友達っぽいけど、ごく自然にあたしの隣に寿くんがいる。

よくも悪くも、空気みたいな存在。

「そーだ、美夜ちゃん。次の日曜にデートしよっか」

「ただ出かけるだけならいいよ。ちょうど買いたい参考書があるんだ～」
寿くんの提案にしれっと答える。
「参考書……ね、色気ないな～。ハハハ」
あたしたちの会話は、いつもこんな感じ。
色気なんて、皆無（かいむ）。
がんばって寿くんがそういう方向に持っていこうとしても、あたしが阻止（そし）する。
「ま、参考書でもいっか。そのあと、ウチにおいでよ」
「うーん……考えとく」
「考える必要ないじゃん。俺ら、付き合ってんだし。一度、俺の部屋も見てもらいたいし～」
「べつに見る必要ないよね」
「そーだけど」
家に行くのって、ハードル高くない!?
まともにデートもしたことがないのに……。
まだ寿くんとは、お友達の延長でいたい。
あたしの気持ちがはっきりするまで……あと少し、待ってほしいんだ。
前よりは、寿くんといてもイヤじゃないし、いいところもわかった。
つねに優しいけど、改札でのやり取りを見ていると、それは他の女の子へも同じということにも気づいた。
それからかな……。
女の子と一緒のところを見ると、なんだか複雑な気持ちになる。
　だけど、これが嫉妬かというと、少しちがう気がする。
　仲のいい友達をとられたような、そんな感覚。
　寿くんと矢野が仲よく話してると、イラッとするしね。
　あ、それはまたちがうか。
　あたしがただ、矢野を嫌いなだけ。
　最近では、寿くんといると矢野がにらんでくる。
　これも一種の嫉妬？
　仲のいい友達をとられ、くやしがる矢野の図。
　イケメンコンテストが終わり、女遊びを再開したアイツだけど、なんだかいつもつまらなそうな顔をしている。
　それが、エリカにフラれたせいかはわからないけど、不思議と、前ほどの勢いはなくなった。

「俺、ちょっと購買に行ってくる」
　学校に着き、教室に入るなり自分の席にカバンを置くと、寿くんはふたたび教室を出ていった。
　朝は、教室の前の廊下でチャイムが鳴るまで寿くんと話すのが最近の日課。
　だけど今日は、ひさびさに自分の席でゆっくりできる。
　なんだかそれが、さびしいようなホッとするような。
　自分でも、よくわからない。
　矢野が来ていないのが救い。
　あたしがひとりなのを見ると、容赦なく攻撃してくるからね。

席に着き、カバンの中から教科書を取りだし、机の中へと入れていく。

すると、教室の入り口で、矢野とギャルが口ゲンカしているのが見えた。

……また、なんかモメてる？

「うるせーなぁ。ウザいから、どっか行け」

女の子は、ちがうクラスの子。

矢野に追い返され、しぶしぶ教室を出ていった。

「あ〜、ダル」

そんなつぶやきが耳に届く。

矢野、いつか言ってた……女で気をまぎらわすけど、結局それがストレスだって。

コイツはいったい、なにがしたいの？

ダルいなら、こんなのやめればいいのに。

チラッと見ると、矢野が気だるそうにこっちを見ていた。

わっ。

正確には、ただ正面を向いていただけなんだけど。

「おす。今日は、彼氏は一緒じゃねーんだ？」

寿くんの姿が見えないのを確認したあと、そんなことを言う。

彼氏ってわざわざ言うあたりがイヤミっぽい。

普段は言わないくせに。

「寿くんなら、購買に。話したいなら、会いにいけば？」

「べつに……。守ってくれるナイトがいなくて、かわいそーだな。女がお前に敵意の目を向けてる」

えっ。

振り向くと、たしかに……数人の女子がこっちを見てコソコソと話をしていた。

あれは、寿くんファンの子たちだ。

まだ、恨まれてるからね〜。

寿くんがいると言いにくいから、今がチャンスとばかりに、早く別れろとか、そんな話をしてるのかな。

「あたしじゃないよ。矢野を見てるんじゃない？　チャラ男がまた女泣かせてるよ〜ってね」

矢野の言うことを認めるのもしゃくだから、そう言ってやった。

「俺が？　さっきのは、しょーがねーの」

「しょうがないってなに？　女の子には、優しくしなさいよ」

「俺が女に冷たくしようが、テメーに関係ねぇし」

ホント勝手なんだから。

矢野のことだから、甘い言葉をささやいておいて、その日の気分で女の子の気持ちをもてあそんでいそう。

「あっそ。そのうち刺されるよ」

「物騒（ぶっそう）だな、そんなキケンな女と遊ばねーし」

「わかんないよ？　女って怖いんだから」

「だったら、お前もそうってことか。寿が浮気でもしたら、豹変（ひょうへん）するかもなー」

なんであたしが……。

ニヤつく矢野をムシして、前に向きなおる。

寿くんが、浮気……。

いっそ、そうしてくれた方がこの関係を断ちきれていいのかも。

そう思っていると、女子と一緒に歩く寿くんの姿が教室の外に見えた。

あれ……？

一緒にいるのは、見たこともない女の人。

ちがう学年なのかな？

さわやかな笑顔で、寿くんはどんな会話をしているのか。

「気になる？」

すかさず、矢野が聞いてきた。

「べつにっ、気にならないよ」

「あの女さー、最近やたら寿のあと追っかけてる。いつも、お前がいないの見はからって話しかけてくるしな」

へー、そうなんだ？

知らなかった。

「寿くん、モテるもんね」

「１個上の先輩。大人っぽくて積極的だしなー、グラッとくるかも」

「へぇ……いいんじゃない？」

「だろー。俺もその方がいいと思う」

矢野の方を振り向くと、ニヤニヤと笑っている。

「矢野があたしに寿くんと付き合えって言ったのに。今さら、どういう心境の変化？」

「お前と付き合ってからの寿、つまんねんだよ。付き合いわりーし、ひとりの女と付き合えって、俺にもうるせぇし」
「そうなんだ？　寿くんをあたしに取られて、さびしいんだね。絶対返してやらないんだから！　ハッハッハ」
　せめてもの嫌がらせ。
　このぐらいしか、矢野に太刀打ちできないのも悲しいけどね。
「イヤな女〜。寿……お前のこと、なんで好きなんだろな？　こんなガサツで性格悪くて、男みてーなヤツ」
「ほっといて！　どーせ、矢野が付き合うような相手とは雲泥の差だよね。あの子たち、ハデでおしゃべりで、メイクと香水の匂いプンプンさせて」
「さっきの女の、そーいうとこは苦手。結構気まぐれだしな。俺も振りまわされるぜ？」
　だったら！
　いかにもって子と付き合うのはやめて、マジメに本命を探せばいいのに。
「そうだとしても、さっきみたいに冷たく追い返すのはどうかと思う」
「一緒に帰れねーって言ってんのに、しつこいからだろ。今日は……しょーがねんだよ。突然言われたしな……大切なヤツから頼まれたら、断れねーじゃん」
　女を軽視してるような矢野にも、大切な人がいるんだ？
「そんなこと言って、どの女にもいい顔してるよね。ちゃんとすれば？」
「お前さー、俺に説教すんのか？　オネエのくせに」

背中を軽く拳で小突かれる。
「やんっ……さわらないで」
「ヘンな声出すなよ、俺がなんかしたみてーじゃん」
そう言いながらも、おもしろがって指の先で背中をツーッとひとなで……。
「きゃ〜〜〜〜〜っ!!」
「おいっ……バカ」
あたしの叫び声で、一気にクラスメイトの視線がこっちに集中。
あたしの顔はまっ赤だし、ちょうど教室に戻ってきた寿くんがこっちに向かって走ってきた。
「美夜ちゃん!?」
「あ……大丈夫」
そう言うものの、あたしの顔がそう物語ってないみたいで。
「翔太、なにかした!?　美夜ちゃん、顔まっ赤……」
「なんか欲求不満みたいだぞ、この女」
はあっ!?
「よくそんなこと言えるよね!!　あたしに嫌がらせして、そんなに楽しい!?」
ガタッと立ちあがり、矢野に拳を突きあげる。
「こらこら、美夜ちゃん。女子が男子殴るとか、やめなよ」
やんわり笑って、寿くんがあたしの手を押さえる。
「だけど……矢野がっ……」
「もー、いいから。翔太も、からかうのやめろよ。美夜ちゃんのこと泣かせたら、たとえ翔太でも容赦しないから」

あたしを守る手に……なんだかホッとする。

胸が熱くなって、幸せな気持ちになってきた。

こういう気持ちになるのは、寿くんと一緒のとき限定。

いつもあたしに、安らぎを与えてくれる。

「寿、どーかしてる。そいつ、強ぇーじゃん」

「そうかもしれないけど、俺が……守りたいんだ」

強いって認められたことは少しガッカリだけど、守ってもらうって、なんてドキドキするんだろう。

自分が女の子なんだって、気づかされる。

ひとりで強がらなくてもいいんだ……。

寿くんは、そう思わせてくれる唯一の存在。

「寿くん、大丈夫だった？　先輩としゃべってたんだよね」

教室の外からこちらをうかがっている、さっきまで寿くんと一緒にいた女の人をチラッと見る。

「いいって。偶然、会うこと多くって。さっきも、購買で一緒んなってさ」

偶然……なんだ？

先輩が、寿くんを待ちぶせしてるとしたら？

そう言いたい気持ちが、ぐっとこみあげてくる。

ううん、こんなの……あたし、妬いてるみたい。

黙っていると、寿くんが先輩に笑顔で手をひらひらと振った。

それを見て安心したように微笑むと、先輩は帰っていった。

「美夜ちゃんのこと、心配してたんだよ。優しい先輩でさ」
　それ、ホントに？
「そうなんだ……」
「今度、美夜ちゃんも一緒に話そ。きっと好きになる」
　あたしも好きになる？
　それ、必要なのかな。
「寿〜、白鳥がイヤっそーな顔してるのわかんねぇ？　自分の男に女紹介されて、喜ぶ女がどこにいんだよ」
　なんだかヘンな顔をしていたからか、矢野にしてはめずらしく、ナイスフォロー。
　っていうか、賛同しているあたしって！
　これじゃまるで、ホントにあの先輩に嫉妬してるみたいだ……。
「そっか。妬くかなーと思って。作戦成功か！」
　うれしそうに笑う寿くんに、ドキッとした。
　あたしを妬かせる作戦？
　まんまと、ハマってしまったかも……。
「ま、まさか……全然イヤじゃないし。今度紹介してよ」
　なのに、素直になれない。
「あれ、そっか。ま、ホントにいい人だから今度会わせるね」
　無邪気に笑う寿くんを見て、なぜかズキッと胸が痛んだ。
　女友達を紹介される意味がわかんない。
　やっぱりこれは、嫉妬なの？
　矢野はそのままフイと、あたしたちから顔を背けてしまった。

そのあとしばらく寿くんと会話しているうちに、チャイムが鳴り、いつもの日常が始まった。

あっという間に時間が過ぎ、放課後。
急いで家に帰ると、クッキーの焼けるいい匂いが立ちこめていた。
「うわ〜、おいしそうな匂い！」
「おかえりなさ〜い、お姉様!!」
うおっ。
なぜか、美琴の友達は全員コスプレしていた。
美琴を含め女子が４人に、男の子がふたりいて、結構な迫力。
髪をツインテールにしてメイド服を着ていたり、カボチャの帽子をかぶって紫（むらさき）のウィッグをつけていたり、魔女にドラキュラの仮装だったり。
お母さんの姿は見えないから、買い物にでも行ったのかな？
「え……なに？」
「ハロウィンだよ〜」
あ、なるほどね〜。
今日は10月31日だもんね。
だからクッキー焼いたりしてるのか。
「お姉ちゃんも、好きなの選んで」
言われるがまま、美琴が渡してきた衣装を手にする。
アリス……。

ガラじゃない!?
だけど、一度は憧れる。
ブルーのワンピに白いエプロン。黄金の髪に、大きなリボンのカチューシャ……。
「意外だぁ～、それ選ぶと思わなかった」
美琴が驚いている。
うん、あたしも……。
今までのあたしなら、まずない選択肢。
だけど今は……なんだか、そんな気分なんだ。
イベントに乗じて、ちょっと女の子ぶってみたいかも。
「お姉さん、似合う～！」
みんなが口をそろえて驚いている。
「お世辞でもうれしいよ、ありがとう！」
「お世辞じゃないです、似合ってます。美琴ちゃんのお姉ちゃん、美人だな～……」
この男の子は……たしか、美琴が好きな相手だよね。
「あたしなんて、全然。美琴の方が美人だよ」
「そっ……そうですね、俺もそう思います」
男の子は、頬を赤らめつつ美琴を見ている。
はっきり言うな～。
当の美琴は、友達としゃべっていて気づいていない。
このふたり、両想いじゃないの？
ここは、世話焼きおばさんの出番だね。
「美琴のこと、この間守ってくれたんだってね。ありがとう」
「ああ、美琴ちゃんが告白されてたときのことかな……あのときは、たまたま通りかかったんです。余計なことかなって思ったけど……」

「ううん、美琴もすごく感謝してたよ？　助けてくれたのが、キミでよかったって」

「あ……ホントですか？　それなら俺もうれしいな」

　さらに頬を赤らめ、照れ笑いしている。

　わ〜っ、この子ホントかわいいっ！

　誠実そうで、優しそうで。

　それでいて芯が強そうだし、フワフワしている美琴の彼氏にぴったりだよ。

「さ〜、みんなでケーキ焼こう。コウくんたちは、あっちで待ってて」

　美琴が男の子を見て言った。

　へ〜、美琴の好きな相手、コウくんって言うんだ。

　コウくんと、もうひとりの男子がぞろぞろとリビングを出ていく。

　残った女子で早速ケーキを作ることに。

　卵白をフワフワに泡立て、卵黄を入れて小麦粉をふるい、バターを溶かして、まぜまぜ……。

　すごい……こんな工程でケーキができるんだ？

　焼きあがったスポンジケーキは、ただの茶色。

　カステラ？と思っていたら、冷蔵庫から生クリームとたくさんのフルーツが出てきた。

「みんなでかわいく、トッピングしよ〜」

美琴がニッコリと微笑み、みんなを促す。
素のスポンジにまっ白な生クリームを乗せる。
そして、色鮮やかなフルーツが盛られていく。
なんの変哲もなかったスポンジケーキが、みるみるうちに変化していく。
お〜、これぞまさしく女子。
これと同じように、女子もメイクや服装でかなり印象が変わるよね。
「ケーキってすごい」
「お姉ちゃん、ケーキがすごいってどういうこと？」
そばにいた美琴が首を傾げている。
「いや……なんでもない。おいしそう……」
「うん、おいしいよ。切りわけるね〜。明日、寿先輩にあげてね」
そう言われても、生モノですが。
明日までもつのかわかんないし、学校に持っていくのもな……。
寿くんには、またなにか別のモノでいいかな。
今週末デートするし、そのときに一緒にケーキでも食べようか……。
ぼんやりとそんなことを考えていると。
「美琴〜、これ持ってコウくんにコクりに行け！」
美琴が友達のひとりに急かされている。
「う、うん……やだ〜。緊張するよっ」
「美琴なら、大丈夫！　絶対両想い！」

うん、あたしもそう思う。

がんばれ、美琴！

「や〜、やっぱムリぃ」

美琴はその場にへなへなと崩れおちている。

ここはあたしの出番？

「こら、しっかりしなさい！　ウチまで来てくれたんだよ、それだけで十分脈（みゃく）ありだよね？」

元気づけたつもりなのに、美琴は涙目で首を横に振っている。

「そんなの、わかんない〜……」

「わかんないって……」

好きでもない相手の家に、わざわざ来ないと思うけどな。

恋愛経験皆無なあたしの意見なんて、参考にならないかもだけど。

「ずっと好きだったんだよね。コウくんのこと、少しはわかるでしょ」

「わっ、わかんないよ！　だって、コウくん……あ、やっぱいい。がんばる」

さっと立ちあがると、美琴はケーキの前に立った。

突然、どうしたんだろ。

「みんな！　今日は、ラブケーキカットするんだよね。あたし、コウくんが大好きです」

え。

美琴は潔くそう言ったあと、ケーキに入刀した。

「きゃ〜、美琴！　がんばった!!　あたしも、する」

他の子が、美琴と場所を変わりケーキにナイフを入れる。

「あたし、土井くんが大好き。がんばって告白する」

おお〜、いったいなにが始まった!?

ケーキは今、４等分されている。

驚いていると、女の子があたしにナイフを手渡す。

「はい、お姉さんもやりましょー」

え……なにを？

驚いていると、美琴がフォローに入った。

「あのね、あたしたちの間ではやってるの。結婚式のケーキカットみたいな。好きな人の名前を言って、両想いになれますようにって願うの」

「それって意味なくない？　ケーキカットってそもそも、ふたりでやるから意味があるってもんで。それに……」

「あ〜、もぉ、お姉ちゃんマジメすぎ〜！　いいんだよ、ノリで」

横で美琴が訴える。

あ……なるほどね。

そっか。女子って、そうだよね。

いまいち乗りきれないわ。

「って、なんであたしまでやるの!?」

美琴の友達にナイフを返そうとすると。

「きゃ〜、やめてぇ。返されたら恋が実らないんだから！」

なんて、冗談かホントかわからないことを言う。

「お姉ちゃんは、彼氏の名前を言えばいーの」

「え〜、彼氏いるんだ〜。やっぱり、高校生って大人〜」

　周りでみんながきゃーきゃー言って騒いでいる。
「あたし、いいよ……」
「まぁ、そう言わず。なんて名前なんですか？　聞きたい！　ノリでやっちゃってください」
　そうだよね、ノリでいいんだ。
　いちいちマジメにとらえるから、いけないんだよね。
　みんなにはやしたてられ……迷いつつも、ケーキカット。
「あたしは、寿くんが……好……き……」
　そこで、寿くんの顔が浮かんだ。
　ボッと自分の顔が赤くなるのがわかった。
　好き……っていう言葉に、こんなに威力があるなんて思わなかった。
　言葉にしてはじめて自覚することもある。
　あたし……ホントに、寿くんのこと……好き、かも。
　みんなが好きな人の名前を口にして、うれしそうにしている。
　その中に入って、あたしも同じように寿くんの名前を口にするだけで……こんなに、幸せな気持ちになるなんて。
　やばい……。
　これは、ホントにそうかもしれない。
　女の子レッスンって、体に悪い。
　自覚症状が出たとたん、一気に体全体がほてってきた。
「あたし、将来コウくんと結婚できるかな～」
「美琴なら絶対できるよ～」
「きゃ～、ホントに!?　うれしいな」

話、飛躍しすぎ。

あんたら、まだ付き合ってもないからね？

だけどそんなフワフワした会話さえ、心地いい。

楽しい夢を見て、幸せな未来を想像する。

それって、すごくいいことかもしれない。

もしあたしがケーキを持っていったら……寿くんは、どんな風に喜ぶ？

きっと最初は驚いて……。

だけどすぐに、すごくうれしそうな顔になって。

そんなことを考えたら、いてもたってもいられなくなってきた。

あたし、今から寿くんに会おうかな……。

「お姉ちゃん、運んでほしいの」

美琴に声をかけられ、ハッとした。

あ、はい。

どうやらあたしは、飲み物を運ぶ係らしい。

アリスだからね、ティーパーティー的な？

「みんな～、お待たせ～」

男の子たちが待つ、美琴の部屋へと移動。

みんな、なぜか正座して待っている。

ププッ、かわいすぎる。

「ありがとうございます」

あたしの手から、丁寧(ていねい)にカップを受けとるコウくん。

礼儀(れいぎ)正しいし、ホントいい子だな。

「美琴、ケーキ早く渡しなよ」

「う、うん……あのね、これ……」
　おずおずと、コウくんにケーキを差しだしている。
「ありがと。甘いモノ好きだからうれしい」
「わ～、よかったぁ」
　うれしそうに笑い合うふたり。
　うん、絶対に両想いだ！
　なんて、姉は勝手に推測(すいそく)してます。

「でもさ～、あのときさ」
　みんなで、１学期や２学期にあった話をしている。
　横でケーキを突っつきながら、話を聞くあたし。
「そうだね～。楽しかったよね～。またみんなで行けたらいいね」
　いいな～、青春って。
　あたしも青春まっさかりと言われればそうなのかもだけど、部活だって毎日だって、なんだか不思議と中学のときほどの感動はない。
　勉強に追われてるから？
　ううん、なんだろうね。
　できることが増えていく一方で、やっぱり縛(しば)られていることもある。
　大人と子どもの境界線……。
　未来への不安と、期待。
　もう完全な子どもではいられないから、甘えてばかりではいられない。

無茶はできないけど、冒険もしたい。

少しずつ大人の階段をのぼっていくにつれ、増えていく責任感。

楽しいだけではいられない、今……。

進路だって、そろそろ決めなきゃだし。

成績だって、最近確実に落ちてる。

うっ……考えたくない。

現実から目をそらしたくなっているあたしに、さらなる試練が。

「いいな〜、俺も行きたかったよ」

コウくんが、ポツリとこぼす。

「しょうがないよ、学校来られなかったんだもん。手術も成功したし、これからは、もう大丈夫なんだよね？」

ん……手術？

えっ、誰が？

一気に心拍数があがった。

「そうだね……みんな、今日は呼んでくれてありがと。俺、こーいう仲間……みたいなの、はじめてで。ほとんど学校に通えてなかったから……」

ウソ……。

今、あたし……恐ろしい事実を知ってしまった？

いやいや、まさか。

きっと、他人の空似だよ。

「これから、みんなでまた集まろ？　ほら、美琴からも一言！」

え……。
ちょっと待て！
美琴っ。
止めに入ろうとしたら、他の子につかまってしまった。
「お姉さん、邪魔しちゃダメ」
「コウくん、あのね……ちょっと、こっち来てほしいの」
美琴は、コウくんを連れて部屋の外に出る。
ああああ……。
あたしの推理が、まちがっていることを祈る。
「美琴、今頃告白してるかな～。うまくいってるといいね」
残った友達が、楽しそうに話している。
あたし、全然楽しくない。
確認したいけど、知りたくない事実。
だけど、聞くしか……ないか。
「ねぇ……コウくんって、学校に来てなかったの？」
「そうなんですよ～。病気がちで、ほとんど出席したことがなくて。けど、最近は学校に来るようになって。美琴を助けたことから、急接近！　ふたりホントお似合いで～」
うん……そうだよね、それはあたしも思うの。
けど……きっと、相手が悪い。
「コウくんの名字って……」
そこまで言いかけたとき、家の外で激しくアクセルをふかす音が聞こえてきた。
あっ……悪魔の襲来（しゅうらい）。
そして、鳴らされるチャイム。

ドクン、ドクン……。

「コウタ〜、迎えにきたぞ。そろそろ帰らねーと」

玄関の外から、大きな声が聞こえる。

コウタ……。

それによく似た名前のヤツを知っている。

声だって、いつもイヤってほど聞かされていて耳に覚えがある。

やっぱり……予想が、的中した。

美琴の好きな相手は……。

矢野の、弟だ。

妹に罪はない

「あれっ……お兄さん、どこかで会ったことありますよね」
　玄関で美琴の声が響く。
　ぎゃーっ！
　あんた、なんてことを。
　矢野をだましたあたしの妹だってわかったら、命ないから！
　あわてて玄関に走ると……矢野がドアのそばに立っていた。
「れっ……そーか？　会ったことある？　俺、モテるからな……どこにいても目立つし」
　おい！
　だけど……矢野がバカでよかった。
　美琴を見ても、エリカの妹と同一人物だって、まったく気づいてないみたい。
　あ、ちょっと待って。
　それは、美琴たちが仮装をしているせい？
「へっ、なんでお前が……」
　しまった！
　美琴に気づいてないなら、このまま隠れてればよかった。
　あたしを見て固まっている矢野。
　逃げようとすると、家の中まで追いかけてきた。
　きゃーっ！

「お前、なんでここに……つか、ここお前んちか!?」
「そーだけど……」
　表札見て、白鳥ってわかんなかったのかな。
　やっぱ、コイツバカだ……。
「ずっと、探してたんだって……まさか、こんな近くに住んでたなんてな」
　探してた？
　あたしを!?
「しかも、なんの真似だよ。アリスの格好なんかして。すげぇ、似合ってる」
　ん……。
　あたしを見る矢野の目つきが……ちがう。
　ああっ、そうか！
　美琴が変装してることだけに気を取られてたけど、あたしも今……アリスの格好をしてたんだっけ。
　金髪のウィッグをつけているから、矢野の目には白鳥美夜じゃなく……。
　矢野が好きになった、エリカに映ってるんだ。
「あ……あっ……あの……」
「俺、やっぱだまされてもいーから。お前と一緒にいたい」
　ええっ!?
　いきなりギューッと抱きしめられ、あたし同様、その場にいた美琴の友達まで顔を赤くしていた。
　や……やばい、今すぐ逃げないと。
　そう思うのに、矢野の力が強すぎて身動きひとつとれない。

　そこへ、誰かが爆弾を落とした。

「お姉さん、寿先輩と両想いになれてよかったですね!!」

　うお。

　全身が、凍（こお）りついた。

　矢野……お願いだから、聞きのがして！

　と思ったのに、今度ばかりはしっかり聞いていた。

「寿……って、なんの話だよ……」

「ええっ？」

　にらまれた女の子が、ビビッている。

「美琴のお姉ちゃんの好きな……えっ、あなた、ちがうんですか!?」

「お前……寿と両想いって……どーいうことだよ」

　鋭い視線が、次はあたしに向けられる。

「あっ……それは」

「コウくんのお兄ちゃん！　寿先輩は、お姉ちゃんの彼氏なの」

「わあああーっ！」

　止める間もなく、美琴が暴露（ばくろ）してしまった。

　もう、ダメ。

　完全にバレちゃった……。

　あたしを見て、キョトンとしている矢野。

　恐ろしい……。

　あたし、殺されるんじゃないだろーか。

「え……彼氏って、元カレってことか？　寿、前は相当遊んでたけど、今はヘンな女一筋だからな」
　もうっ、ヘンな女って！
　腹立たしいけど、今はそこに怒ってる場合じゃない。
　矢野って、やっぱりホントにピュアなのかも。
　意外と疑うことを知らない!?
　カンも冴（さ）えてないし、それが救いだった。
　それならいっそ、このまま気づかないで。
「まさか、寿先輩が二股!?　そんなわけないよ。男子校と合併して、お姉ちゃんと運命の再会を果たしたんだから」
　美琴が言うのを聞いて、矢野が眉間にシワを寄せながらコウくんを見る。
　あああ……もう、ダメだ。
　いろいろバラされて、もうあたしの頭はまっ白。
「……ちょ、待てよ。コウタ、迎えにきてほしい家って、ハクチョウって書いてたよな。まさか……」
　ハクチョウって！
　だから表札見ても気づかないって……そんな、バカな。
　すべてが暴露された事実より、矢野のバカさかげんにあきれそうになる。
「え……まさか、お前……白鳥？」
　はい……。
　もう、煮（に）るなり焼くなり好きにしてください。
　バレてしまった以上、なにも隠せそうにない。
　あたしを見る矢野の驚愕の表情は、かなり滑稽（こっけい）。
　やっと矢野を陥れた……。

念願の勝利なのに、全然楽しい気持ちにならない。
人を傷つけて喜ぶなんて……ホントに最低だもんね。
「ごめん……矢野、あたし……ずっと、ホントのことが言えなくて……」
殴られるかもしれない。
あたしはそれだけ、矢野にひどいことをした。
きっと、今……怒りと屈辱（くつじょく）にまみれているだろう。
ごまかすこともなく、あたしは素直に謝った。
深く、深く……矢野に頭をさげる。
ジッと……待っていたけど。
矢野は、あたしに殴りかかってはこなかった。
「コウタ、帰るぞ」
顔をあげたときには、矢野は背を向けていて、すぐに玄関を出ていった。
コウくんは、美琴と顔を見合わせている。
「兄ちゃんに迎えにきてもらうことになってたんだ。来るときはみんなで来たからよかったけど……俺、あんまり道とかわかんなくて……。美琴ちゃん、今日はありがとう。また明日学校で」
あわてて家を出ていく。
それを追うように、美琴も家を出た。
「コウくん、また明日!!」
矢野のまたがるバイクのうしろで、コウくんがヘルメットを頭にかぶっている。
美琴が駆けよると、矢野がハンドルを美琴に向け、威嚇（いかく）

するようにライトを照らした。
「なっ……なにしてんの!?　まぶしいじゃない!!」
　あたしもあわてて、美琴に追いつく。
　美琴は完全にビビッて、動けなくなっていた。
「コウタ、さっさと乗れ」
　あたしたちなんておかまいなし、というように矢野がコウくんを促す。
　だけどその声は、感情の起伏がなくて少し怖い。
「ちょっと待ちなさいよ」
　戦いを挑むかのように、あたしは矢野の前に立ちはだかった。
「…………」
　矢野はなにも言わない。
　その間にも、コウくんは必死でヘルメットのベルトをつけている。
　だけど不器用なようで、うまくつけられないでいた。
「コウタ、早く!!」
　ぴしゃりと言いはなつ声に、コウくんがビクッと肩をふるわせている。
「ちょっと、弟にあたるとかサイテー。ムカつくなら、あたしに直接、文句言えば？」
　すると矢野が、挑発的な目を向けてきた。
「俺のこと……だまして笑ってた？　お前こそ、サイテーだな。しかも寿とグルになって……」
「寿くんは関係ない！　全部……あたしが悪いの」

「そーだろうな。寿は、お前のことになるとクレイジーだから」
「クレイジーってなに!? そんな言い方したら、あたしが許さないんだから」
「うっせーわ。消えろ、オネエに用はねんだよ」
　うっ……また、消えろって言った。
　ホントコイツ、ムカつくー！
「にっ……兄ちゃん、そんな言い方しないでよ。美琴ちゃんのお姉さんは、いい人だよ？」
　矢野のバイクのうしろにまたがり、コウくんが怯えながら言う。
「テメーもよく聞いとけ。今後いっさい、コイツの妹と接触すんな」
「……は？」
　思わず、あたしもあきれてしまう。
「コウくんと美琴にはなんの関係もないでしょ。そこまで口出す？」
「俺はコイツの保護者同然だから。交友関係も、選ばせてもらう」
「なっ……いくらなんでも、それ行きすぎでしょ」
「そうか？ 術後の経過が良好とはいえ、今日もしコウタになんかあって……お前ら責任取れんのか？」
　そ、それは……そうだけど。
「コウくん、もう……大丈夫なんだよね？」
「そうだとしても。お前みたいな人間、信用できねーな」

それを言われると、辛い。

あたしも、矢野をだましたことは後悔している。

だけど、うまく伝えられなかった。

何度もホントのことを言わなきゃって思ったけど、勇気が出なかった。

そして、こんな結果になってしまった。

「ごめん……謝って許してもらえることじゃないかもしれないけど、こうするしかないから」

頭をさげるけど、あたしの話なんて聞いてない風。

エンジンをつけてバイクをふかす。

「おい、どけよ。お前、死にたいの？」

それでも、バイクの前から退こうとしなかったら、さすがの矢野も進むのを躊躇した。

「消えろって言ったの、矢野だよね！　轢（ひ）くなら轢けば？　でも、美琴のことは……関係ない。矢野にあたしの妹の友達を奪う権利なんてないから」

「は？　なにひとりで熱くなってんだよ」

「コウくんは……美琴が、はじめて好きになった男の子なの。だから……」

そこまで言うと、うしろで美琴の叫び声が聞こえた。

「おおおおおっ、お姉ちゃんーっ!!　あたし、まだ告白してないの！　きゃーっ、ヤダどうしよう。はずかしすぎる」

ええっ!?

てっきり、コウくんを連れてふたりで部屋を出たときに告白したんだと思った。

　あたし、フライングしちゃった!?

「ほー、俺同様モテるからな、コウタは……」

　この場でそんなこと言う？

　ホンットに、この男は……。

「お姉ちゃんの、バカバカバカーッ!!」

　普段あたしをたたくことのない美琴が、思いっきりたたいてきた。

「痛っ……ご、ごめんってば」

「そこでずっと姉妹ゲンカしてろよ。じゃーな」

　そう言いのこし、矢野はそのままコウくんを連れて去ってしまった。

すべて、あたしのせい

　ああ……あたしって、なんでこうも運が悪いんだろう。
　運が悪いというか、鈍感というか、タイミングが悪いというか……。
　自分のしたことを、深く反省。
　美琴には嫌われるし、矢野はあんなだし。
　あたし、いったいどうしたら。
　次の日学校へ行き、謝罪の言葉を考えながら、矢野が来るのを待つ。
　けれど、矢野は姿を現さなかった……。

　休み時間になり、寿くんがあたしのもとへとやってくる。
「美夜ちゃん、今日もかわいい」
　朝は時間がなくて話せなかったんだけど、顔を見るなりこういうことを言われると、照れることしかできない。
「…………」
　女子の凍(い)てつく視線を浴びるのを感じ、もっとなにも言えなくなってしまう。
　けど、イヤっていう気持ちは……前ほどはない。
　その温かな笑顔を見ているだけでホッとする。
　そばにいてくれるだけで、心がほっこりするこの気持ちは……。
　あたし、きっと。

寿くんに……恋してる。

“きっと”だなんて、不確かだけど、恋したことがないからわからない。

言いかえるなら。

これが、恋なのかな……。

うん、自分でもしっくりきた。

きっとそう。

だって、寿くんの笑顔が……こんなにキラキラして見えるんだもん。

「ん、美夜ちゃんが俺のことガン見すんの、めずらしー。どうしたの？」

寿くんが、あたしの顔をのぞきこんでくる。

顔と顔との距離がグッと近くなって、あわててしまう。

「わっ……近寄らないで」

「ひどいなー。俺、彼氏なんですけど」

そうだけど。

ストレートすぎる言葉にとまどっていると、寿くんがフフッと笑った。

「ごめんね、昨日ニンニク食べたから……」

「ええっ！　そういうことじゃないの。寿くんは、いい匂いだよ」

「……へ？」

あたしはヘンタイか！

「ああっ……あのね！　ほら、いつもふわ～っといい香りが」

「あ〜、それきっと柔軟剤。花の香りがキツくて、朝から虫が寄ってくる寄ってくる」

あ……あたしは、虫かっ！

いやいや、矢野ならともかく、寿くんはそんな意味で言ってないはず。

「柔軟剤なんだ……あたしも、同じの使おうかな」

もっと、寿くんに近づくために。

寿くんと同じ香りに包まれたい。

いや、これこそヘンタイ。

「……今日、やっぱヘン。美夜ちゃん、なんかあった？」

あたしの変化に、寿くんも気づいた様子。

「ううん……」

「そうそう、今日翔太さー、なんか寝こんでるらしい」

「風邪？」

またなの？

なんとかは風邪引かないっていうのは、迷信だったね。

なんて、思っていると。

「わかんね。まーた始まったって思ったけどね。今朝、しばらく学校休むって連絡あった」

え……？

もしかして、あたしのせい？

あたしと顔を合わせたくないってことだよね。

「サボリ……？」

「どーかな。アイツ、来ないとマジでやばいよ。もーすぐテストだし、こりゃ留年だな」

留年……か。

それを聞いて、矢野とちがう学年になれるかも、という淡(あわ)い期待を持ってしまうあたしって、最低……。

だけど、実感する。

あたし、心底、矢野が嫌いなんだな……。

「寿くん、今週のデート、どこに行こう？」

「えっ、その話題避けてると思ったけど、ちがうんだ？　うれし〜な〜。美夜ちゃんと一緒なら、どこへでも」

この際、矢野のことはキレイさっぱり忘れてしまおう。

あたしは昨日謝ったし……矢野からあたしを避けてる以上、ホントは誰が悪いとか、もうそういうのはナシだよね。

こう思うことは、逃げなのかもしれないけど。

気持ちを切りかえ、あたしも前を向く。

美琴のことは、また考えよう。

コウくんの性格上、美琴を避けるってことはなさそうだし、しばらく様子を見ようかな。

そして週末がやってきて、とうとう寿くんとのデートの日。

あたしは……。

なんと、風邪を引いてしまった。

「フフ。お姉ちゃん、バチが当たったんだね〜」

今まで天使だと思っていた美琴の口から、こんな言葉が出るようになるなんて……。

デート当日、熱で寝こむあたしを見てうすら笑う妹。

　ピュアでかわいい妹だったのに、こんなにイジワル娘になってしまった！
　だけど、微笑みだけは天使のまま。
　しゃべらなければ……ね。
「寿先輩、お姉ちゃんと会えなくて残念がってたよ。ホントお姉ちゃんって、人の期待を裏切るよね」
「うっ」
　そうなの、わざわざ家までお見舞いにきてくれたのに。
　昨日からの高熱で、お風呂にも入ってなければ目も顔も腫(は)れぼったくて、とてもじゃないけど、こんな醜態(しゅうたい)をさらすわけにはいかなくて、顔を見せることなく帰ってもらったんだ……。
　以前のあたしなら、普通に玄関先まで出たんだけど、寿くんを意識してしまうと、もうダメ。
　これが女子なのか……と、思わずにはいられない。
「コウくん、全然しゃべってくれないんだ。お姉ちゃんのせいだよ」
　どうも、そうらしい。
　美琴を見て、避け続けてるんだとか。
　目も合わせなければ、会話することも皆無。
「照れて……るんだよ。ほら、コウくん、女の子苦手そうだし」
「他の子とは普通にしゃべるんだよ!!　あたしにだけなの。絶対、嫌われた」
　んー、そうなのかな。

女子力ゼロ、恋愛初級者なあたしはこんなとき、的確にアドバイスしてあげられないのが悲しい。
「お姉ちゃんが、あのタイミングでコウくんにあたしの気持ちをバラしちゃったからだよ……ひどい……」
美琴はシクシクと泣きはじめてしまう。
最近、ずっとこうだ。
あたしの部屋へ文句を言いにきては、泣く。
あたしだってどうにかしてあげたいけど、中学校には来ないでって言う。
あたしが行くと、さらに最悪な事態を引きおこしそうだからって。
だったら、どうすればいい？
「好きなのに……コウくんだけなの……こんな気持ちになったの」
そうだよね……わかるよ。
あたしも、最近やっと寿くんのことが大切な存在に思えてきたから。
相変わらず仲よしの女の先輩がいたりするし、ふたりの距離が妙に近いと、冷や冷やしているあたしがいる。
だけど、なにも言うことができない。
現状を壊すのが怖い……。
今は、そんなに悪い関係じゃない。
むしろ、いい方。
寿くんはあたしを好きって言ってくれるし、愛情だって感じる。

だけど……なんだか違和感がある。
女の先輩といるときの寿くんの方がなんか自然で……あたしといるより、楽しそうに見える。
もしかしたら、あたしへの気持ちはなにかのまちがいで、なにかのはずみで、この関係が崩れるかも……。
なんて、危機感をいだいている。
これぞ、恋……だね。
現状に満足しないで、もっともっと、と求めてしまう。
寿くんの意識を、すべてあたしへ向けてしまいたい。
今日、もしかしたら１ステップ進んだかもしれなかったあたしたち。
なのに、こんな日に風邪を引くなんて。
美琴の言うように……バチが当たったんだね。
「コウくんには、なんとかあたしから伝えるから……」
「お姉ちゃんが入ると、全部ダメになっちゃう！」
ホント、すみませんでした!!
ゲホッとむせれば……。
「あたしに風邪うつさないで！」
そうのたまって、美琴さんは部屋を出ていった。
あー……ホント、別人だ。
そうそう、矢野はあれからずっと学校を休んでいる。
今日のあたしの惨状（さんじょう）を知ったら、明日から学校に出てくるかもしれない。
それでもいいから、少し顔を出してほしいと思う、今日この頃。

第４章

自分の気持ちに正直に生きたい

そして事態は急変した

月曜日……。
病院に行って検査をしてびっくり。
これは、インフルエンザだ！
当分、学校に行けそうにない。
家でも隔離（かくり）状態。
ホント、情けないよ。
その日から学校を休むことになった。
寿くんからは毎日電話があったけど、雑談が苦手なあたしだけあって、会話が続かない。
数分で電話を切り、自己嫌悪。
もっと、かわいく女の子らしい会話ができればなーなんて思うけど、今さらどうしようもない。
ここ２日は、寿くんからの連絡はない。
もちろん、あたしからするはずもない。
優しい寿くんのことだから、電話が苦手なあたしのことを思って連絡するのを遠慮しているのかもしれない。
休み中に連絡をもらえてうれしかったことを……登校したら、ちゃんと伝えたいな。

１週間後、熱もすっかりさがり症状もおさまって、久しぶりに登校できるようになった。
やっと解禁！

とうとう今日から学校へ。

ずっと家にいたからか、歩くとフラつく。

寿くんは今日は用事があるらしく、駅で待ち合わせることもなかった。

電車に乗り、学校の最寄り駅でおりる。

改札を抜けひとりで登校していると、前方に矢野を見つけた。

うしろ姿でわかるなんて､あたしもたいしたモンだよね。

苦手だから、わかっちゃうのかな？

けど、嫌悪感よりうれしさの方が上だった。

学校に……来たんだ!?

あたしが休みだったから、先週から登校したのかな。

休みはじめた理由が、あたしがエリカだったってことがわかったからなのか、ホントの理由はわからないけど……とりあえず、学校に来ているならよかった。

残念ながら、あたしは今日から復活です。

矢野の命も今日までか。

今日は女連れじゃないんだね。

スポーツバッグを肩からかけ、ひとりでダルそうに歩いている。

朝からヤル気ないよね～。

ジッとうしろ姿を見ていると、ふと矢野が振り返った。

「わっ！」

「げっ、お前……今日からもう来られんだ？」

目をむいて驚いたあと、若干顔をしかめる。

「悪かったわね。このとおり、元気になりました」
「おー、元気そうだな。太ったんじゃね？」
ホンットコイツは、一言多いな……。
いや、たしかに太ったんだけど。
っていうか、寝すぎてむくんでる。
「ほっといてよ」
「だな。あ〜、マジウゼェ」
はいはい、わざわざ言葉に出さなくても、矢野があたしをウザがってるのなんて、知ってるから。
「今日、寿は？」
嫌いな相手に、まだ話しかけてくる？
おしゃべりなヤツめ。
「別々なの。用事があるって」
「へー。病みあがりの姫を放って……ねぇ」
え、今、姫って言った？
矢野が、あたしに!?
耳を疑っていると……。
「寿も、やっと目が覚めたみてー。第2の姫が現れたからな」
……はい？　第2の姫？
なにそれ。
キョトンとしていると、矢野がフッと鼻で笑った。
「ま、学校行けばわかるかー。俺の口からはなんとも言えねぇ」
そこまで振っといて、なんなの？
病みあがりのあたしに、しょっぱなからケンカ売ってきて、なんなんでしょう、この男は。

　そのままスタスタと足を早め、矢野を追いこして一気に学校へ。

　寿くん、他の女の子に目移りしたってことなのかな。

　どういう意味なのか、気になる……。

　教室に着くと、寿くんはまだ来ていなかった。

　そのうちに矢野が教室に入ってきたけど、目が合う前にそらす。

　あたしのうしろに座っても、話しかけてくることはなかった。

　あたしが発端（ほったん）なのかわからないけど、クラス中でインフルエンザがはやっているらしい。

　心愛もインフルエンザになったみたいで、今日から休みだっていうメールが届いた。

　この１週間の寿くんの状況を聞くこともできず、ひとり悶々（もんもん）としていると……。

　――キーンコーンカーンコーン。

　チャイムの音とともに、寿くんが教室に入ってきた。

　そして見知らぬ誰かと、笑顔で手を振り合っている。

　すぐに姿が見えなくなったけど、サラサラのロングヘアの女の子。

　あの子と、ずっと一緒にいたのかな。

　誰だろう……。

　寿くんを目で追うけど、目が合うこともなく。

先生が来たこともあってか、寿くんは急いで席に着いた。
ま、あとで話しにいこうかな……。

１時間目の授業が終わり、休み時間に。
寿くんの席に行こうとすると、あわてて教室の外に出ていってしまった。
……あれっ？
「寿くん！」
追いかけ、声をかける。
「あ、美夜ちゃん！　久しぶり。元気だった？　今急いでるから、またあとでね」
なんだか、今までの寿くんとちがう。
アッサリ……してるよね。
今まで、あたしがそっけなくしすぎた？
もっと、寿くんの気持ちにちゃんと応えればよかったかな……。
今さらながら、後悔。
「少し、話したいな」
この１週間、ずっとこうして面と向かって話したかったんだ。
電話やメールじゃ伝わらない気持ちもあるって、はじめて知ったの。
「今？　うーん、ちょっと時間なくて。あとでいい？」
「うん……そしたら、お昼でいいや」
「ごめん、昼休みは……先約があるんだ。言ってなくて、ごめんね？」
　申しわけなさそうに、寿くんが遠慮がちに微笑む。
　当然、昼休みは一緒だって思いこんでた。
　付き合うってなってから、ずっとそうだったから。
　そうだよね、あたし１週間も学校に来てなかったし、それで毎日のリズムが変わることもあるよね。
「あ、うん……大丈夫」
「じゃ。帰り、ちょこっとなら話せるかも」
「あ、はい。わかりました」
　当然、帰りも別々なんだね？
「アハハ、敬語なんていーよ。どしたの？　かしこまってさ」
　かしこまらざるをえない、この状況。
　あたしこそ、寿くんどうしたの？って言いたい。
　今までとまったくちがうよね？
　なんだか立場が逆になった感じがする。
　だけど、言葉にできないのが乙女。
　いや、あたしの場合、乙女じゃないんだけど。
　駆けていく寿くんの背中を見送りながら……恋って、なんて厄介（やっかい）なんだと思う。
　結局、聞けなかった……。
　どうして、そんなに急いでいるのか。
　どこへ、誰のもとへ向かっているのか……。
　ズキズキと痛む胸。
　そして、思うように行動できなかった自分に自己嫌悪。

　そのまま自分の席へと戻る。
「ハハハ、フラれてやんの〜」
「うっさいな」
　しっかり、廊下でのやり取りを矢野に見られていた。
「お前、めずらしいな。寿のケツ追っかけて、どした？」
「だから、うっさいって言ってんでしょ」
　もう、矢野と話している暇なんてないから。
　今は自分の中で、寿くんとの間にあったことを消化しなくちゃいけないのに。
「おー、怖。女のヒステリーって」
「なに!?」
　１回やり合わなきゃ、気がすまない？
　せっかく応戦したのに、矢野は突っぷして寝ている。
　ホンット、あたしの神経を逆なでするのが上手だよね。
「お前のいない１週間で、寿の環境がガラリと変わった。そろそろ潮時(しおどき)かなー。潔く、寿の隣から退け」
　また、うしろから声がする。
　寿くんの周りで、いったいなにがあったの？
　矢野に言われるでもなく、そうした方がいいって、ずっと思ってた。
　だけど今は、そのポジションを簡単に手放すことができない……。
「へ……へえ、おもしろそう。なにが起きたのかな」
　強がりってすごい。
　不安な気持ちが、少し軽くなった。

　なんでもないような顔をして、矢野を振り返る。
「隣のクラスに転校生が現れた。寿、その子にゾッコン」
　一瞬、頭がまっ白になった。
　寿くんが……転校生を？
　っていうか、矢野のそのゾッコンってなに？
　ツッコミたいけどそんな元気もなく、ただ信じられない気持ちでいる。
　今朝の、ロングヘアの女の子かな。
　あの子が、その転校生なの？
　華奢でスタイルもよくて、ほとんど顔も確認できてないけど……きっとキレイな子。
　なんとなく、そんな予感がする。
　そんな人に、あたしが敵(かな)うわけない。
　ちょっと会わない間に、その子が寿くんの心をくすぐったのかな。
　転校生って物めずらしいし、興味を引くのもわかる。
　誘惑されちゃった……？
　寿くんからアプローチしたのかもしれないのに、疑うことができない。
　これが、恋……なのかな。
　どんな状況になっても、相手のことを信じてしまう。
　気持ちはまだあたしにあるって、みっともなくあがいてしまう。
　それに、こんな簡単に恋愛って終わってしまうものなの？

うーん……まだ、終わってない。

あたしの恋は、まだ終わってないんだ。

「……い、おい。聞いてんのか？」

矢野が、なにかあたしに話しかけていたみたい。

だけど、まったく耳に入ってこなかった。

今は、矢野のムダ話を聞く気にもなれない。

あたしが知りたいのは、寿くんの本心だよ。

いつもみたいに、冗談だよとか、あたしの気を引くためにしたことだって、言ってくれるんだよね……？

矢野のは、全部でたらめだ……。

帰りまで待つこともできず、昼休みに入ると同時に、席を立った寿くんのもとへと駆けよる。

「待って、時間取らせないから……ちょっとだけ、話したい」

切羽（せっぱ）つまった様子を感じとったのか、寿くんも承諾（しょうだく）してくれた。

「いーよ。屋上行く？」

「うん……」

そうして移動した屋上は……寒風吹きすさぶ、極寒の地。

うっ……さぶっ!!

よく考えたら、もう真冬の一歩手前だし。

よくぞここを、話し合いの場に選んでくれました。

早く話を終えたいってこと？

わかりやすいね……。

「うわ〜、寒い！　美夜ちゃん、手短にお願い」
　やっぱり……。
　言葉を選ぶことなくストレートな寿くん。
「わかった……ストレートに聞くね。どうしてあたしのこと、避けてるの？」
　結局は、それ。
　転校生と少しの時間でも会いたいってより、あたしを避けている気がする。
　そう言うと、案(あん)の定(じょう)、寿くんは微妙な笑みを見せた。
「避けてるつもりは、ないんだけどな」
「矢野に聞いた……転校生を気に入ったの？」
　ついさっきまでは、怖くて聞けないって思っていた。
　だけど、勢いが背中を押してくれて……頭の中で練りかためていた気持ちを、そのままぶつけることができた。
　そのあと、寿くんの困った表情を見て……。
　スッキリするとともに、一気に押しよせる不安感。
　これは、よくない知らせ。
　ワンクッションあったことで、少しだけ心の準備ができた。
「気に入ったっていうか……あの、じつはさ……」
「いいよ……あたし、ずっと別れたいって思ってたし……うん、その方がきっといい」
　すべてを、寿くんの口から聞くのが怖い。
　真実を知りたいのと、そういう気持ちがごっちゃになって、自分から終わらせようとしてしまう。

こんなときまで、あたしってホントかわいくない。

しがみついて、他の子を見ないで！なんて、あたしには言えない。

言って大きく引かれる方が、あたしにとっては大ダメージ。

理解のある彼女を装い､寿くんとは良好な関係を続ける。

その方が、どれだけ気楽か。

「ホントに……？　なんか、美夜ちゃんに悪いなぁ」

ズキッ。

ホントは、そんなことない！って言ってもらえるという期待を持ち、冗談だろ？って笑う寿くんの笑顔がチラついていた。

あたしって、ホントにバカだな……。

「ごめん……なんか、振りまわした」

「ううん……」

「俺……カンちがいしてたんだ……」

「……え？」

カンちがいって、あたしの気持ちを？

少しの期待を持って顔をあげ､寿くんの表情を確認する。

だけど寿くんの顔は、浮かないままだった。

そして知らされる、衝撃の事実。

「俺の初恋の人、美夜ちゃんじゃなかった」

「そう……なんだ？」

ええっ。

話はそこまでさかのぼるの!?

あたしを好きとかそれ以前に、初恋の人があたしじゃない……ってこと？

それで、アッサリ気持ちまで鞍替え？

どう整理をつけていいかわからないでいると、寿くんが申しわけなさそうにボソボソと話しはじめる。

「うん……同じ小学校だった……宮崎さんって覚えてる？」

「……みや、ざき？」

言われてみれば、いたような、いないような……。

小学生の頃の記憶なんて、定かじゃない。

「その子が、ウチの学校に転校してきた子で……“みやちゃん”って、その宮崎さんのことだったんだ。そういえば、美夜ちゃんのことは、白鳥の“しーちゃん”って呼んでたよね」

しーちゃん!?

……そういえば、そう呼ばれていたような。

過去すぎて、記憶が曖昧。

で……。

その、宮崎さんだったんだ？

「だから俺の初恋の人は、みやちゃんなんだ。あ、ややこしいな……宮はお宮の宮で、美夜ちゃんのみやじゃなくって」

宮なのか美夜なのか、もはやそんなこと、どうでもいい。

寿くんの恋の相手が、あたしじゃない……。

ただ、それだけのこと。

そして、それとともに気持ちも離れていってしまったってこと……。
「へえ……よかったじゃん、本物が見つかって」
　これも強がり？
　すぐに、言葉が出てきた。
「そーなんだ。なんか、スッキリした。美夜ちゃんには悪いことしたよね……ホントに、ごめん。なんて言えばいいかわからなくて、ちょっと避けてた」
　申しわけなさそうに頭をさげる寿くんを見ている方が、辛かった。
　あたしが平気な顔をしていれば、寿くんも楽になれるかも。
　そう思って、ムリに笑ってみせるけど、引きつってしまう。
「そっか〜」
　見た目が男っぽいあたしのことを、寿くんは理解してくれてるんだと思ってた。
　何度断っても、ずっとあたしのことを好きだと言ってくれた。
　そこまで想われてるんだって……うぬぼれてた。
　だけど、そうじゃない。
　初恋の相手だっていう思いこみだけで、付き合おうって言ったんだ。
　平気なフリをしようとしたけど、やっぱりショックは隠せないみたいで……どうしようもなく、辛くなってきた。
「……大丈夫？」

固まっていたみたいで、寿くんがあたしの顔をのぞきこんできた。
その屈託のない笑顔が、さらにあたしを苦しめる。
大丈夫なわけ、ない。
全然、大丈夫なんかじゃない……。
はじめて、男の人を好きって思えた。
やっと、向き合おうって決めたのに……もう、すべて遅いの？
ううん、あたしの気持ちをもっと早く伝えていたところで、寿くんはきっと、宮崎さんのもとへ行ったはず。
この恋は、最初から成立しない恋だったんだ。
「だから最初から、あたしじゃないって言ったじゃん。寿くんもバカだね～」
浮かない顔のあたしを見て、寿くんの表情がだんだん曇っていくのに耐えられなくて……。
歯を見せ、大げさにニカッと笑ってみせる。
「あ、笑った。よかった～。やっぱ美夜ちゃんは笑った方がいいね。かわいい」
“かわいい”なんて、気のない子に言うセリフじゃないよ。
そんなの、全然優しさじゃない。
「はーっくしょん！　うわぁ、さぶっ!!　このままだと風邪引きそうだし、行くね。じゃ、また!!」
あたしは、逃げるように屋上から飛びだした。
転げるように階段をおり、廊下を走る。
そして、誰もいない空き教室に入った。

　その場にしゃがみこみ、息を整える。
　しばらくすると……廊下を通りすぎる足音が聞こえてきた。
「みやちゃん？」
　ビクッ。
　寿くんの声……。
　あたしを、探しに？
　期待に胸をふくらませ、顔をあげる。
「こと……」
　声を出そうとして、躊躇した。
「アハハ、そんなわけないじゃん。俺には、宮ちゃんだけ。今すぐ行く、どこにいる？」
　ちがう……あたしに話しかけてるんじゃない。
　きっと、宮崎さんと……電話してるんだ。
　遠ざかる足音と笑い声が耳に残る。
　顔を膝に埋め、声を押しころして泣いた。
　胸を引きちぎられそうなほどの、強烈な痛み。
　恋に気づいたときには、すでに恋は終わっていた。
　なんて、皮肉な……。
　あたしの生まれてはじめての恋は、失恋に終わった。

恋を失ったとき

お昼も食べずに泣いたあと、授業が始まる寸前に教室に入った。

さっと自分の席に着き、伸ばした袖で顔を隠すように頬杖をつく。

うつむいていれば、泣いて腫れた目に気づかれないはず。

失恋して泣くなんて……あたしも少しは女子の要素があるのかな。

全員が席に着き、静かになったところでドアが開く音がした。

先生かと思い顔をあげると、寿くんが教室に戻ってきたところだった。

フラれたくせに、目で寿くんを追ってしまう。

ああ、あたしってなんて往生際(おうじょうぎわ)が悪いんだろう。

いい人のフリして逃げないで、とことん話し合えば、少しはちがうラストになったのかな……。

ケータイ小説に出てくる女の子なら、こんなとき……どうするんだろう。

心愛に聞きたい気分だよ。

悪あがきなんてしないで、ただ泣いて、気持ちが落ちつくのを待つのかな……。

それとも、あきらめないでがんばる？

振り向いてくれるまで、必死になる？

どっちも今のあたしにはムリっぽい。
絶望しか、見えないよ……。
「ねぇ、あたし聞いちゃった〜」
教室のどこからか、そんな声が聞こえる。
「えー？　ウソ……そうなんだ。白鳥さん、とうとうフラれたの？」
ビクッ。
どこからそんな情報が漏(も)れたんだろう。
あたしが泣いたこと、わかっちゃった？
顔を見られないよう、さらにうつむいて寝たフリをきめる。
「さっきね、寿くんが言ってた。転校生の宮崎さんと付き合うんだって」
「そうなんだ！　宮崎さんって美人だよね。やっぱりねー、白鳥さんじゃつり合わないよねー。クスクス」
「だから、うつむいてるのかな。泣いてる？」
「まさか、男らしい女だよ……あ、オネエか！　フフッ、泣くわけないって」
うん、あたしもそう思う。
だけど、今その言葉はキツい。
じわっと、涙があふれてきた。
あたしがもう少し女らしくしてたら、フラれなかった？
“初恋の子”ってだけで付き合ったにしても、オネエなんて問題外だよね。
自分の女子力のなさを恨む。

こんなことなら、もっと女の子らしくしていればよかった。

周りの声が、だんだん大きくなる。

「寿くん、宮崎さんと付き合ってるの？　お似合いだね」

誰かの声が聞こえる。

「ありがとな。会った瞬間、運命感じちゃってさー」

寿くんの声だ……。

運命……。

あたしだって、今さら運命を感じてた。

こんなことから始まる恋も、あるのかなって。

「白鳥さんに直撃！　あれだけ面倒くさそーにしてたし、せいせいした？」

頭上で女の子の声がして焦った。

うわ、あたしのとこにくるんだ？

先生、早く来て。

泣きぬれた顔をあげるなんて、できないよ……。

――ガンッ!!

黙っていると、突然、机を蹴飛ばすような音が聞こえてきた。

ひゃっ!!

驚くとともに、誰かが声を荒らげた。

「おい、さっきコイツのことオネエって言ったの、どいつだよ。そう言っていーの、俺だけだから」

……は？

悲壮（ひそう）感にかられていたあたしですら、思わず笑いそうになった。

うしろから聞こえるのは、矢野の声。

「あっ……あたしじゃないよ!?　ちょっと、誰が言ったの？」

女の子たちが騒ぎはじめる。

そしてそのうちに先生が来て、みんな着席したみたいだった。

先生が出席を取りはじめるけど、あたしはまだうつむいたまま。

矢野……どういうつもり？

まさか、かばってくれた？

ううん、そんなのありえない。

それに、もしそうだとしても、かばい方が低レベルすぎ。

……思わず、笑みがこぼれた。

あたし、なんで泣いてたんだっけ。

矢野のバカっぽさのおかげで、全部吹きとんじゃったよ。

人まちがいだったにせよ、寿くんにフラれたのは事実。

もう、前を向いていくしかないよね。

授業の間に、気持ちの整理をつけることができた。

ホント、ムリやり……だけど、そうするしかないから。

寿くんは、もうあたしだけのモノじゃない。

自分の気持ちに 早く気づけなかったことを悔やむけど、気づかなかったからこそ、傷は浅いのかもしれない。

いや……そもそも、寿くんは学園の王子だよ？

好きになるとか、なんておこがましい。

ホント、これが現実だと思い知らされる。

放課後、寿くんを迎えにきた女の子は、ウワサにたがわず極上の美少女だった。
うん……こんなキレイな子、見たことない。
ナチュラルメイクに、漆黒（しっこく）の髪。
女子度高めの、丁寧に編みこんだヘアスタイル。
そして、自分をかえりみる。
うわぁ……ひどすぎる。女子度ゼロだよ。
リップクリームすら、塗（ぬ）ってない。
なんだか急に、こんな自分を恥じた。
情けない……。
初恋の人じゃない以前に、こんな女、誰も好きにならないよ。
寿くんはあたしのところに来ることなく、宮崎さんとともに教室を出ていった。

あたしも、時間をあけてから教室を出る。
もう涙も乾いた。
あたしは、これから今までどおり……白鳥美夜として過ごせばいいんだ。
誰に束縛（そくばく）されることもない。
……もう、自由なんだ。
自由って……なんて、さびしいんだろう。
束縛されないって、こんなに虚しかったんだ……。

いつも、横には寿くんがいた。

いつの間にか、それが当たり前になっていたけど、これからはいないことに慣れなきゃ。

カバンを握りしめ、足早に駅へと向かう。

……ちょっと、寄り道しよう。

とてもじゃないけど、まっすぐ帰る気にはなれない。

駅前に、アイスクリームのお店がある。

そういえば、何度か食べて帰ろうって寿くんに言われたっけ。

毎回断ってたけど。

以前は、後輩たちと寄り道して帰ってたな。

久しぶりに、入ってみようか……。

店に入ると、学校帰りの女の子たちでにぎわっていた。

ウチの学校の生徒もいれば、他校生もいる。

店内は、ほぼ女子で埋(う)めつくされている。

お客の楽しそうな笑い声と、店員さんの明るい笑顔に、なんだか心が晴れてきた。

「ホワイトチョコストロベリーください」

好きなアイスを注文し、レジで待つ。

すると、うしろから聞きおぼえのある声が。

「なににする？　奢るから好きなの選んで」

「きゃ〜、うれしい！」

寿くんの声だ。

一緒にいるのは、宮崎さん？

に、逃げたい。

レジ前で、顔を声がするのとは別の方向へと背ける。
「あれ～、みやちゃん」
ビクッ。
寿くんに、バレちゃった!?
チラッと目を向けると。
「今日はトリプルもダブルも同じ料金なんだって！　トリプルにしなよ」
「うんっ、そーするぅ」
“みやちゃん”って、宮ちゃんのことか！
ホンット、まぎらわしい。
だけどよかった。
気づかれる前に、さっさと店を出よう。
店内で食べるつもりだったけど、テイクアウトにした。
結局、寿くんは宮ちゃんに夢中で、あたしには気づかなかった。
あんなに一緒にいたのに……。
こんなに、あっけないんだね。
また、ぽかんと心に穴が開いてしまった。
お店を出て、木枯（こが）らしに吹かれる。
寒っ……。
なのに、なんでアイス！
ひとりさびしくアイスを食べるのもどうかと思い、近くのゴミ箱にアイスを捨てようとしていると……。
「もったいねー」
ひっ。

　この声は……。
　矢野!!
　思わず、身がまえる。
「捨てるなら、俺にくれ」
　手を伸ばしてくるけど……。
「あんたにあげるぐらいなら、自分で食べる」
「意地汚ねー女だな」
「どっちが!?　人が捨てようとしてたものをもらおうとする方が、意地汚いよね」
「俺は、モノを粗末にするのが嫌いなだけだ」
　うーっ！
　なにを言っても、ヘリクツで返される。
　やっぱ矢野とは、合わない！
「じゃ、一緒に食うか」
　なにを思ったか、ニヤッと笑っている。
　冗談だとしても、腹立たしい。
「は!?　もっとありえないんですけど」
「そんな尖ってんなよ～。アイス食って怒るヤツなんていねーから。文句言わずにさっさと食え」
　そ、それはそうかも。
　あたし、落ちこむか、カリカリするかのどっちかだ。
　なんかしゃくだけど、矢野の言うようにアイスを口にしてみる。
　うん、おいしい！
「笑ってんじゃねーよ」

なっ……。

思わず笑みがこぼれていたみたいで、矢野にツッコまれてはずかしくなった。

「いいじゃん、おいしいモノ食べたら笑顔になる」

「だな。お前、笑ってる方がいーよ」

ドキッ。

矢野の冗談は、たまに胸に悪い。

そんなこと言って、あとにどんな落とし穴が待っているのか……。

「だからって、アイスはあげないよ～」

「あ、マジ？　作戦失敗だなー」

やっぱり！

ホント、口がうまい。

この調子で、いろんな女の子をトリコにしてるのか。

「俺も、アイス買ってこよ。あー、だけど中に寿いるしな。女とラブラブでマジウゼェ」

寿くんが中にいること、知ってるんだ？

それで、あたしが中から出てきたから……気を遣（つか）ってる？

まさか、矢野に限ってそんなことないよね。

「友達でしょ、ふたりの中に割って入れば？」

「まーな。お前だって、寿と友達だろ。一緒に食えば？」

「友達じゃないよ」

きっぱり言うと、眉をひそめている。

「そっか。だったら、元カノ。もう関わりたくねーってことだよな」

元カノ……。

はたして、あたしたちってそういう関係だったのかな。

よく考えてみれば……。

素っ気ない態度を取っていたあたしが原因ではあるけど、付き合っていても、恋人らしいところなんてひとつもなかった。

男友達が一緒にいるような仲だったよね。

そっか……あたしたち、友達だったんだ。

だから、今だって友達に変わりはないのか。

変わってしまったのは、あたしの意識だけ。

寿くんのことを、好きになってしまったから……。

だけど今は、この現実が受けとめられない。

「べつに……どっちでもいい」

矢野に悟(さと)られるのだけはイヤ。

早くこの場を去りたくて、歩きだす。

そしたら矢野もあとをついてきた。

「……なんのつもり？」

「俺も、帰ってるだけ」

そう言われたら、もうなにも言えない。

しばらくして、チラッとうしろを振り向いた。

……いる。

目線こそ合わせないけど、歩調を合わせるようについてくる。

偶然とは思えない。

ここは、ちゃんと話してみるか。

矢野がなにを考えているのか、まったくわからない。

完全にスルーすることもできず、思いきって声をかけることにした。

ロマンチック、自己中、ナルシストなアイツ

突然立ちどまり、あたしはうしろを振り向いた。
「なにか用があるなら、はっきり言って」
矢野に向かってそう言うと、あきらめたように顔をあげた。
「とくに言いたいことはねんだけどー……なんか、いつもデカいお前が今日は小さく見える」
「は？　いつもデカいとか、余計なんだけど」
ホント減らず口なヤツ……。
ケンカ売りにきただけなら、さっさと帰ってよ。
なんて言い返してやろうか考えていると、ゆっくり近づいてきた矢野があたしを追いこした。
「どーでもいいヤツとでも、ただ一緒にいれば気が楽になるときもあんじゃん？」
な……なに？
ちょっといいヤツ気取り？
どうしちゃったのよ……。
あたしがだましたから、だまし返そうってこと？
驚いたまま、矢野を凝視（ぎょうし）してしまう。
そんなとき、ないって言いたい。
……のに、言えないあたしがいる。
ホントは……こんな矢野に、救われてる。
ひとりでアイスクリーム屋から出てきたとき、すごく孤（こ）

独だった。
　だけど矢野がそこにいるだけで、ほんの少しだけ悲壮感に背を向けることができている。
　こんな、大っ嫌いなヤツなのに……。
　いるのといないのとでは、大ちがいだ。
「しゃべってナンボの男がよく言う……」
「お前には、好かれる必要ねーからな。ムダに話す必要ねーの」
　まあ、そうなんだけど。
　だからって、ストレートに言われると複雑。
　好かれる必要がないなんて、わざわざ言わなくてもいいのに。
　あたしって勝手だね。
　矢野のことは嫌いでも、嫌いなコイツに自分も嫌われていると思うと気分が悪い。
　だけどどうして、嫌いなあたしに関わろうとしてくるの？
　矢野のことがまったく理解できないよ……。
「……もしかして、あんたいいヤツなの？」
「なわけねーじゃん。こーなったのも、少しは俺に責任あるし……ほんの罪滅ぼしのつもり」
　なんだ、いーヤツなんじゃん。
　ホント、イヤだ。
　こんなところで、期待を裏切らないでほしい。
「矢野って……よくわからない」

「はー？」
「あたしに冷たくしたり、優しくしたり……ホントの矢野は、どれ？」
　すると、かすかに矢野が笑った。
「全部俺じゃん。だったらー……俺をだましたお前、学校での強気なお前、今みたく弱ってるお前……どれがホントのお前なの？」
　まっすぐ……切ない顔で見つめられ、胸がトクンと鳴った。
　全部、あたしだ……。
　矢野を嫌いなあたしも、寿くんを想ってやるせない気持ちになってるあたしも……。
　今、ホントの矢野を知りたいって思うあたしも、全部、あたし。
「愚問だったね。あ～あ、女子校のときは、こんなに弱虫じゃなかったのになぁ」
　ふうとため息をつくと、ククッと小さく笑う声が聞こえた。
「そか。女だけの世界で生きてたからじゃね？」
「……え？」
「この世には、男と女しかいねぇの。なのに、ムリに女の前で男を演じようとしてた。共学になってそのバランスが崩れただけなんだって」
　バランスが……崩れた？
　キョトンとしていると、矢野があたしのカバンを奪った。

「わっ……なにするの？」
「たとえば、こう。これはカバンだけど、重い荷物があれば男が持つとかさー」
「そ……うなの？」
「たとえば、な？」
　そして今度はカバンを押しつけたあと、あたしを押しのけ道の反対側に立つ。
　え、えっ!?
「車道側を男が歩くとか、日々のそーいう気配り？　いろいろ優先されっと、うれしくね？」
「……どうかな」
　うれしいような、なんだかくすぐったいような。
「俺はつねにレディファーストを心がけてる。それがモテる秘訣かな」
　得意げに笑ってみせる矢野を見て、ドン引き。
「はあ!?　女の子フりまくってるくせに」
「フるけど、コクってくるヤツの気持ちを優先してる。付き合いたいって言うから、そうした」
「けど、最後にはアッサリフッちゃうんじゃ、意味なくない？」
「好きになれそーもないヤツと付き合い続ける方が、酷（こく）じゃね？　俺だって、つねに真の愛を探してんだよ」
「ブブッ!!　ちょっ……真の、愛って……矢野、どんだけロマンチストよ」
　これにはあたしも、苦笑せずにはいられない。

「笑ってんじゃねーよ。ロマンチストでなにが悪い」
　いや、そこ認めちゃう？
「ロマンチストで自己中で、ナルシストってこと？」
「はい。だから、なにか？」
　う、うわぁ……開きなおった。
「だからこそ、イベントは大切にするし……コイツって決めたら、離さねー」
「……へー」
　そうなんだね。
　イベントを大切にするとか、一途なあたりがかなりポイント高い。
　女の子からしたら、うれしいよね。
　けど……。
　矢野が言うと、全然、説得力ないな。
「お前、人の話聞いてる？」
　口をぽかんと開けてたからか、ツッコまれた。
「聞いてるよ。で、その“コイツ”がまだいないわけだ？」
「そうそう」
　歯を見せて笑うあたり、ホントウソくさい。
「ウソくさー」
「そーいう言い方すんなよ。これでも中学んときは、３人としか付き合ってねーし」
　そこ、いばるところ!?
　十分気が多いと思いますが。
「１学年につき、ひとり？　クラス替えで彼女も更新しちゃった？」

「そそ。ま、男子校だからクラス替えとか関係ねーけど、１年サイクルだな」

　そっか、男子校出身だったっけ。

　それにしても、ホント最悪なヤツ。

　あきれかえっていると、矢野がスマホをポケットから出した。

　……なに？

　電話でもかかってきたのかな。

「今でも、ひとりのヤツとは連絡取り合ってる。今は遊び仲間」

「……そうなんだ」

「だから……付き合いが終わっても、ホントに好きなヤツとはそれで終わりにはなんねーんだよ」

　……え？

　意味、わかんない。

　まだ好きなの？

「矢野が……フラれたってこと？」

「いや、そーじゃない。カレカノとしてはダメだったけど、仲間ではいたいっつーか」

　仲間として……。

「そうなんだ……」

「だから、お前も寿と、友達になれんじゃねーの？」

　……そんな簡単に言わないで。

　好きって気づいたばかりなのに、友達として顔を突き合わせるのは辛すぎる。
　けど、今はうなずくことしかできない。
「……そ、だね」
「寿にフラれて落ちこんでるよーに見えっけど、実際マジでアイツのこと好きだった？」
　うっ、やっぱ落ちこんでるってバレてる。
　矢野、こーいうときだけどうして鋭いの？
「落ちこんでないし……」
「昼休み、泣いてたろ？」
　まぁ、あれだけうつむいてれば気づくのも当然か。
「泣いてない」
「ウソつけ」
「だいたい、なんなの？　矢野はあたしと関わりたくないんだよね？　美琴のことだって……。そうだよ、ずっとコウくんが話してくれないって妹に責められてるんだから！」
　言いたいことは、たくさんある。
　矢野の怒りに触れたことで、美琴までとばっちりをくってかわいそうなんだから。
「妹？　あ～、コウタは俺の言いなりだからな。お前の妹としゃべるなっつってる」
　なっ……。
　ホント、勝手！
「相手は中学生だよ!?　やること大人げない」
「俺はまだ大人じゃねー」

　そうだけど！

「たしかにね！　ホント、やることガキでどうしようもない。コウくんの気持ちはどうなの？」

「さあ？」

「さあって……あきれた。ふたりが両想いだったらどうする？」

「べつに。女なんて他にいんじゃん……」

「だから、美琴は……コウくんじゃなきゃダメなの。恋ってそういうもんだよね!?」

　恋を知ったばかりのあたしが言うなって感じだけど。

　寿くんとのことだって、あきらめようとしても、なんだかモヤモヤして。

　矢野にいろいろ言われても納得できないのは……やっぱり、好きだからだよ。

　恋は終わっても、相手を想うこの気持ちはなくならない。

　そんなに簡単に、割りきることなんてできないよ……。

「お前さー、なんでそんな必死？　たかが妹のことだろ」

「妹だからだよ。矢野だって、コウくんが大切なんだよね？　だから、ムカつくあたしの妹には近づけたくない。あたしだって、同じように妹が大事……妹の恋を応援したいの」

　これには、さすがの矢野も理解した？

　あたしに笑みを向け、軽くうなずく。

「わかってくれた？」

　あたしもつられて笑顔になる寸前で、矢野がククッと笑う。

「俺とお前、対等か？」

……はい？

「対等ってなに？　同い年だし」

「俺の気持ち、もてあそんだくせに」

「なっ、なにが!?」

あたしがいつ、矢野の気持ちを……あ……そういえば、そんなこともあったかも。

いや、あれはウソにウソを重ねたからであって、もてあそぶつもりはなかった。

それに矢野が強引すぎて、流されたってのもある。

「正体知ったあと、寝こんだから。マジで。なんでエリカがお前なんだよ……クソ」

いや、クソとか言われましても。

あれは、まぎれもなくあたし。

「気持ちの整理、もうついたけどな？　それでも、やっぱなんか罪滅ぼししてもらわねーと」

「だからって美琴とコウくんには関係ないことだよね？」

「十分関係あんだろ。オネエとキスした俺の身にもなれ。そーいう趣味なんかねーっつの」

はぁっ!?

「オネエって言わないでよ!!」

「女装した男＝オネエだろ？」

「いや、あたし男じゃないし！」

「一緒、一緒」

女らしくないのは、自分でもわかってる。

　それでもやっぱり、くやしい〜っ！
「あのときは……あたしも動揺してて……その、男の子とそういうの、はじめてだったし……」
「避けようと思えば、避けられたよな？」
　そんなこと言われても、もうわかんないよ！
　なんだかいつもの矢野じゃなくて、あたしもドキドキして、あの空気にのまれた……ってのが、正解。
　今でも鮮明（せんめい）に思い出せる。
　ああ……なんか、だんだん顔が熱くなってきた。
「え、そんなよかった？」
　あたしの反応を見て矢野がニヤニヤしはじめたから、思いっきり首を横に振る。
「そんなんじゃなーい！」
「思い出し笑いしてんじゃねーよ」
「笑ってないし!!」
「寿とは？　した？」
「するわけない！」
「あ、そぉ。じゃ〜俺とだけか」
　なんだかうれしそうに笑っているように見えるのは、気のせい？
　ホント、矢野ってわかんない。
「……もしかして、根に持つタイプなの？」
　一見サラッとしてるように見えるけど、じつはメンタル弱かったり、いつまでもあたしを責めたり、弟のことで逆上したり。

「言い方が悪い、デリケートって言えよ」

ロマンチック、自己中、ナルシストなのに加えて、執念(しゅうねん)深い……と。

イケメンなのに、性格はかなり残念すぎる。

「デリケートって顔？」

「顔で決めんな。つか今お前、執念深いとか思わなかった？」

ドキッ！

「人の心を読むのが、得意なわけ？」

「なわけねーじゃん。俺、お前の考えてること……全然わかんねーよ」

そこでどうして、さびしそうな顔をするの？

あたしだって……矢野の考えてることが、さっぱり理解できない。

あんなに嫌悪感丸出しにしてたくせに、どうしてあたしにかまうのか。

嫌いなら、あたしなんて……放っておけばいいのに。

「コウタに、言っといてやるよ」

「……え？」

「美琴と話してもいーって」

「ホントに!?」

いったい、なんの気まぐれなのか。

それとも、なんとか説得できたってこと？

とにかく、矢野にお礼を言っておこう。

気が変わらないうちに……。

「矢野、ありがと……」

「だけど、条件がある」
「条件なんて！　イジワルすぎる。そんなこと言ってると、本気で怒るよ」
　にらんで威嚇するけど、矢野は笑っている。
「怒ってもいーけど……明日から、寿と友達続けること」
　寿くんと、友達を続ける!?
　その条件、あたしにはキツすぎる。
「イ……ヤ、だ。イヤだ、イヤだ、イヤだーっ！」
「うっせーから叫ぶなよ。幼なじみなんだろ？　突然避ける方がヘンじゃん」
「幼なじみって言っても、子どもの頃、ちょっと一緒に遊んでたくらいだし」
「それでも、ただの友達とはわけがちがう。なんか、いーじゃん。そーいうの」
　ホント、他人事だ。
　友達として接することが、今のあたしにとってどんなに辛いことなのか、矢野はわかってない。
「全然よくないよ……」
「同じクラスだし、あと数ヶ月ムシすんのって辛くね？」
　そうだけど。
　なんだか気持ちの整理がつかないんだってば。
「俺は、男と女の友情ってあると思う。寿とお前、結構いいコンビだったし、これからもうまくやれると思う」
　べつに、そんなコンビ関係なんて望んでない。
　それに、寿くんと友情なんて……どう育めっていうの？

とまどっていると、矢野があたしの両頬を軽く引っぱった。
「ひゃっ……はにふんのほっ」
「ま、つまりは。俺の前で、辛気くさい顔すんなってこと。テメーの不幸が移りそう」
はあぁ!?　ホント性格悪い!!
思いっきり胸を押し、矢野の手を振り払う。
「どうせ不幸ですよー。寿くんにあんな風にフラれるし、みんなの目はなんだか冷たいし、オネエって呼ばれるし、学校は共学になるし、妹はあたしの大っ嫌いなヤツの弟を好きになるし……ホント、もうどうしようもない」
思っていたことをすべて吐きだすかのように、しゃべりまくる。
「言いたいことは、それだけか？」
コイツはどうして、いつも上から目線なのか。
「おまけに、あんたみたいな俺様がうしろの席で、毎日学校来るのも憂鬱だし、余計しかめっ面になる」
「そか。じゃあ条件成立しねーってこと？　だったら、コウタには……」
ニヤリと笑う矢野に、あわてて訂正する。
「わーっ!!　今の撤回します。なんとか寿くんと友達を続けて、辛くてもイヤそうな顔をしないようにがんばる」
「こんなイケメンの俺を見たら、普通は笑顔になるはずだけど」
「どんだけ自信過剰？　自分が思ってるほど、イケてないからね……」

　イケメンコンテスト優勝者を前に説得力がないけど、とりあえず言わせてもらう。

「俺がイケメンかどうかは、周りが決めることだろ？　コンテストの優勝がそれを物語ってる」

　うう……仰(おお)せのとおりです～。

　ああ、なにを言ってもコイツには勝てそうにない。

　いつもあたし、負けっぱなしだ。

「あと、寿くんのことは……もう少し、時間がほしい。すぐに、今までどおりってわけにはいかないから」

「そーか、わかった。だけど自然に接した方が、周りも騒がなくなるからそーしろ」

「……もしかして、そうアドバイスしたかっただけ？」

「なんで俺が、お前にアドバイスなんかしなきゃなんねんだよ」

「え、ちがうんだ？」

「女は～……人のウワサ話が好きだからな、とくに他人の不幸話は」

　そうなのかな……。

　たしかに、全体的にウワサ話が好きな傾向にある。

　他人の不幸話だって、そうじゃないって言いたいけど、実際はそうかもしれない。

　本人が話すならまだしも、よく知りもしない他人が憶測(おくそく)で言いふらしたり、まったくちがうところで盛りあがっていたり。

ただ、話すネタが他人のことしかないのか。
あたしの一番、苦手な分野だ。
「お前が辛そうな顔すればするほど、アイツらつけあがるから」
アイツらって、クラスの女子のことだよね……。
「そうかな……」
「なんてことないって顔してろよ。そしたら、おもしろくなくなって興味が他に向くはず」
「やっぱり……アドバイスしてくれてるんだ」
「まさか。周りの女がギャーギャーうるせぇじゃん。だからだって」
矢野って、どんだけ素直じゃないの？
ホントはいいヤツなんじゃん。
なのに、突っぱねてばっかり。
ここはあたしも、素直に忠告を受けるべき？
「わかった……できるだけ、がんばる」
「それがいいな」
なんだか満足そうに、自然と顔をほころばせている。
「笑った顔……コウくんによく似てる」
「……は？」
唐突すぎた？
矢野が首をひねっている。
「そんなの、言われたことねーけど。俺とアイツ、あんま似てねーし」
「うん。コウくんは、ピュアだもんね〜。矢野みたくひねくれてない」
「顔の話してんだろーが！」
　口調は怒ってるけど、本気で怒ってないのはわかる。
　矢野ってホント、見掛け倒しだ。
　性格が悪いなら、それで突きとおしてほしい。
　全部ひっくるめて矢野なんだろうけど、いい面をチラつかされると、あたしだってとまどう。
　大っ嫌いが、そうじゃなくなる。
　結構いいヤツってところまで昇格したら、その先はどうなるのか……。
　学園女子の大半が、矢野に夢中。
　だけどあたしは、そうじゃない。
　これは、あたしがおかしいのか、今まで矢野のいいところを見ようとしていなかったからなのか……。
　なんだか、この先を考えるのが怖い。
　“好き”の、友達と恋人の境界線。
　それがあたしには、まだわからない。
　男と女の友情があるのなら、あたしは寿くんといつかホントの友達になれる日が来るのかな。
　寿くんに対する“好き”が、どういう好きなのか……なんだか、よくわからなくなってきた。
　そして、矢野ともいつか……友達になれるのかな？
「ありがと……かなり気が晴れた」
　モヤモヤしていた気持ちが、少し軽くなった気がする。
「だろ。あ～、なんか腹減ったな……」

「じゃ、あたし帰るね」
　さっさと帰ろうとすると、矢野があたしの肩をグッとつかんだ。
「おい！　そこは気を利かせろよ」
「なに？　うわー、もしかして奢れってこと？　遠回しに、ホントいやらしい男」
　ジトッとにらむけど、ヘラヘラと笑っている。
「それを言うなら、卑しい男だろ？」
「卑しいけど！　そうじゃない、いやらしいってのはー」
「いちいち説明すんなよ、わかってるから。ノリで答えろ」
　あ、そうなの!?
「はい、時間切れ〜。そこのコンビニでいーから。ジュース奢れよな」
　ま、バカのおかげで元気も出てきたことだし、奢ってもいいかな。
「いいよ」
「お、素直」
　矢野がジュースを選びに、店の奥へと向かう。
　あたしもあとから続いた。
　陳列棚からジュースを手に取り、「お前も選べばー？」なんて言っている矢野。
　喉乾いたし、そうしようかな。
　オレンジジュースを手にして、レジへと向かう。
「貸せよ」
　へ？

　あたしの手からジュースを奪い、レジで会計を済ませているのは矢野。
　いったい、なにが起きたの？
　無言でレジを離れるから、そのあとを追うようにあたしも店を出た。
「ちょっ……あたし、お金払うよ」
　小銭を財布から出そうとすると、それをさえぎるようにジュースを目の前に突きだしてきた。
「いつものクセだな」
「クセ？」
「俺のモットー、レディファーストだから」
「え……それって、そういう使い方じゃないよね」
　やっぱコイツ、バカ。
「なんでもいーんだって。辛いとき、優しくされっとグッとくるだろ？　これ、モテの秘訣」
「はあぁ!?　あたし、べつに辛くないし。それにグッとなんてこないよ」
「そか。ま、飲めや」
　いつものイジワルな雰囲気はなく、にこやかに笑う矢野がなんだか別人に見えた。
　その笑顔は、さっき見たのとはまたちがう。
　表情豊かだな……コイツ。
　普段あたしには、めったに見せない顔。
　こんな表情を、今までいろんな女子に見せてきたんだよね。

あたしは女じゃないと言う矢野が、なぜか今はあたしをレディ扱い。
その格差に、自然とあたしの気持ちも解ける。
……たまには、いいのかも。
女って、こんな風に得することもあるのかな。
そう思うと、矢野の行為をすんなり受けいれる気になってきた。
「今日は、もらっとく。だけど今度は、あたしが奢る」
「なんでだよ」
苦笑いしている矢野に、小さく返す。
「なんか、借りができるし……」
「そんな気負うなって。もっと甘えれば？　俺が優しいときなんて、めったにないぞー」
今度は、声をあげてゲラゲラと笑いだす。
あ、甘えるなんて！
そんな風に思うのは、もっとムリ。
「だけど……」
「そんな俺から奢られたくない？」
「そーいうわけでは……」
「だったら、受けとれや」
「威圧的に言わなくても」
「あーもう、面倒くせぇ女。お前、モテねーだろ」
「知ってるくせに!!」
ホント、なんなんですか。
「フラれた女にかける言葉じゃないよね？」

「だな。ま、そもそもテメーは男だからな。ダチとしてなぐさめてやってんの」

ますます、わけがわからない。

あたしたち、いつからダチでした？

「ダチじゃないし」

あたしの言葉に、矢野は笑っただけだった。

その裏に、どんな真意があるのかなんて、あたしにはわからない。

「明日……学校来いよな」

そう言葉をかけ、去っていく。

まさかあたしが、失恋のショックで登校拒否でもすると思った？

矢野がいなくなったあと……ふいにさびしさに襲われる。

あんな失礼なヤツでも、いてくれて救われたことに気づかされる。

病みあがり、ひさびさの登校で、学校生活に違和感があった。

そんな中、寿くんにフラれて……。

今日は心愛も休みだったし、矢野と話してなかったらホントにつぶれていたかもしれない、あたしの気持ち。

それを気遣ってくれた？

いつからか、完全拒否していたあたしを友達だと言い、なぐさめる。

なんなの……アイツ。

ホント、意味不明。

嫌いだったけど、ほんのささいなきっかけでそうじゃなくなることもある。

人を嫌いになるって、結構パワーがいる。

お互いが、いがみ合い……そんな負(ふ)のパワーは、なにもいいことを生みださないよね。

実際、共学になってからのあたしは、ギスギスしていたかもしれない。

結果、あたしの周りから人が離れた……。

矢野がモテたからとかじゃなく、自分から孤独になる状況を生みだしていたのかも。

そっか……あたし、孤独だったんだ。

渡されたジュースを一口飲むと、孤独感が少しだけ薄れる気がした。

もう、大丈夫

　翌日。
　矢野のおかげかどうか、今朝はスッキリ起きることができた。
　そして、もうひとつ元気になることが。
「お姉ーちゃーん!!」
　バタン！と勢いよく部屋のドアが開かれた。
　言うでもない、妹の美琴があたしの部屋に飛びこんできた。
「どうしたの？」
「コウくんから、昨日の夜メールが来たっ」
「そうなの!?　なんて？」
「今までごめん。ホントはずっとあたしのことが……その、きゃ～っ！　その先は言えないっ」
「え～、なになに。気になるじゃん」
　矢野がコウくんに話してくれたんだ!?
　だけど、いきなりそういう展開？
　コウくんも、美琴のことを……。
「美琴～、教えてよ。どんな内容だった？」
「えへへ～。あたしのことが、嫌いじゃないって。よかった!!あたしコウくんに嫌われてなかったんだよ。もう、幸せすぎる～!!」
　頬を紅潮（こうちょう）させ、まるで告白されたかのような、喜びよう。

　ガクッとなりかけたけど、それもそのはず。
　ずっと避けられてたから、嫌われてない……それだけで、うれしいはず。
　うん……ホントによかった。
「よかったね」
「お姉ちゃん……今までごめんね？　八つ当たりしてた」
　やっと、優しい美琴が戻ってきた。
　最近、別人のように怖かったからね。
「そんなことないよ～、もとはといえば、あたしがバラしちゃったからで」
「ううん、あたしが悪いの。お姉ちゃんに悪気はなかったのに、責めるばっかりだった」
「美琴～」
「お姉ちゃ～ん」
　ひっしと抱き合い、妹との愛を再確認。
　姉妹って、こういうときいいよね。
　どれだけ激しいケンカをしても、絶交しない。
　家族の絆（きずな）って、深い……。
「お姉ちゃん、急がないと時間ないよ」
「わっ、ホントだ。急がなきゃ」
　気づけば、もう家を出る時間が迫っている。
「って、美琴、全然用意できてないじゃん」
「あたし……風邪引いちゃって……」
「えっ、まさかあたしのがうつった？」
「ううん、熱もないし、ただの鼻風邪だと思う」

「よかった～……」

しばらく会話してなかったのもあるけど、家族に感染しないように気を遣ってたつもりだったから。

「美琴が休んだら、コウくん心配するね」

「そう思って、さっき連絡したんだぁ。そしたらね、放課後お見舞いに来るって」

「へー……えっ？」

いきなりそういう展開？

嫌いじゃないって言われただけじゃなく？

「どうしてそんなに驚くの？」

「ううん、友達……だもんね。お見舞いに来るなんて、自然だよね」

自分に言い聞かせるように、付けたす。

「うん。あたしが休むのめずらしいから、さびしいんじゃないかって。友達誘って来てくれるみたい」

友達を誘って！

なるほどね～、そういうことか。

兄に負けず劣(おと)らず、弟の方も気が利くな……。

矢野は、まずキャラがダメだよね。

もっとチャラさをなくせば、普通にいいヤツで通るのに。

って、ここで矢野の心配をしても仕方がないんだけど。

「わっ、ホントに時間ない！」

髪をセットする時間もなく、あわてて制服に着替える。

「朝ごはんは？」

「いらなーい!!」

家を出る寸前に声をかけてきたお母さんを振り返ることもなく、あたしは家を飛びだした。
頭はボサボサ、顔も洗ってない。
ホント、最悪だ……。
だけど、そんなこと気にならないぐらい、気持ちがスッキリしている。
べつに、誰にどう思われたっていーじゃん。
あたしは、あたし。
今日はただ、時間がなかっただけ。
フラれて落ちこんでるからなにもできなかったわけでもなく、これが今日のあたし。
気持ちだけは、しゃんとしてる。
よーし、気を引きしめていこーっ。
背筋を伸ばし、息を深く吸いこむ。
ここ最近ずっと、下を向いて歩いていたような気がする。
自分のあり方とか、周りからの評価や視線、ウワサ話。
寿くんと踏みこんで付き合えなかったのも、それが原因じゃなかったとは言いきれない。
あたしは誰のために生きてるんだろう。
周りのためじゃなく、あたしのため……それだけは、まちがいない。
自分に正直に、まっすぐ生きる。
それってなんか、カッコいい。
イケメン女子、復活!?
なんか、今日はいろいろがんばれそうだ。

ギリギリだけど、なんとか授業に間に合った。

心愛は休みで寿くんとも目が合わず、矢野は机に突っぷして寝ている。

誰とも話すことなく、あたしは席に着いた。

お昼休みになり、ひとりでお弁当を食べていると……数人の女子があたしをうかがうように見てくる。

そして、ヒソヒソと話している。

お弁当を食べおわると、あたしはつかつかと彼女たちのそばに近寄った。

「えっ……なに？」

思ったとおり、相手はビビッている。

「なにって……久しぶり」

「へ？　ああっ……うん、久しぶり」

あたしになにか文句でも言われるとでも思ったのか、隣の女子に目配せしている。

困り顔で女子グループが顔を見合わせているから、付けくわえた。

「勝手になにウワサしてるか知らないけど、あたし寿くんにフラれたんだよねー。あ、知ってるか。昨日、本人が宮崎さんと付き合う宣言してたもんね」

これも図星だったのか、相手の顔に焦りが見える。

「そ、そんなこと……べつに、白鳥さんの話なんてしてないし」

してましたって、顔が言ってる。

彼女の顔が、どんどん引きつっていく。
「だけど、あきらめる気ないから」
へっ？とでも言いたそうに、目を大きく見開いている。
「運命の相手が現れても、がんばることにした。友達から、始める」
こんなこと言って、自分でも驚く。
昨日は悲しみに打ちひしがれて、弱気になってた。
矢野に言われても、はっきりしなかった気持ち。
周りを納得させるためにも、友達を続けろって言われて、それがいいのかなって思ったりした。
それから“好き”ってなんだろうって、一晩かけて考えた。
その結果。
やっぱりあたしは、寿くんのことが好きなんだってわかった。
生まれてはじめて知った、この気持ち……。
彼女がいるってわかってても、止められない想い。
あたしは寿くんにはふさわしくないって自覚していても、そばにいたい。
たとえ友達の状態が続くとしても……避け続けるより、どんなにいいか。
これについては、矢野の言うことも一理ある。
「ちょっ、白鳥さんムリでしょ。なに言ってるの？」
そこではじめて、相手の本音が出た。
「ムリだよねー、あたしもそう思う。だけど、迷惑にならない程度にがんばればいいよね。そう思わない？」
「それ、図々しい。宮崎さんってかわいいし……」
「それ関係ないよね」
「いや、関係あるでしょ。白鳥さんって、どっちかっていうと……男友達……」
「オネエって言いたいわけ？」
　ジロッとにらむと、バカにするどころかふるえあがっている。
　昨日、長い間矢野といたから、相手を威嚇するすごみ方を、自然と身につけたのかもしれない。
「そんなこと！　あたしはただ、心配を……。２回もフラれるのって、キツくない？」
「もう、１回も２回も同じだよー。それにこの間までは、あたしを好きって言ってくれてたよ？」
「うん……せいぜいがんばって」
　もう会話を続けたくないみたいで、相手の方から席を立った。
「なにあれ」
　え!?
　声のする方向を見ると、うしろに心愛が立っていた。
「えーっ、インフルエンザじゃなかったの？」
「そうだと思ったのー。彼氏がそうだったから。だけど、ただの風邪だったみたい。ちゃんと検査してなかったんだよね〜」
「なんだ……よかった、元気になったんだ？」

ホッとした顔を見せると、心愛がガッツポーズをしている。

「やっと、寿くんへの気持ちに気づいたんだ！　美夜ちゃん、カッコよかったよ!!　さすが、あたしの王子様」

えへへ～と頬をゆるませ、腕に抱きついてくる。

「こらこら、心愛の王子様は青井くんでしょ？」

「そうだけどー、インフルエンザで休んでるし。王子不在の今、あたしの心のよりどころは美夜ちゃんなんだぁ～」

デレッとしてるかと思ったら、急に顔を引きしめてあたしを見てきた。

心愛はどこまで知ってるのかな……。

いろいろ報告しなきゃいけない。

「昨日ね、黒王子が青井くんにいろいろ相談したみたいで、それを全部聞いちゃった」

「え……矢野、なんて言ったの？」

「“おせっかいだけど、白鳥にいろいろ忠告しちまった。学校来なくなったら、俺のせいだ”って」

おせっかい……たしかに、昨日の最初の時点ではそう思ってた。

けど別れ際、学校に行かない素振りは見せてないよね？

アイツとは、和解したつもり。

いろいろ条件突きつけてきたし、後悔したのかな？

「だから心配で、あたしに学校行けって青井くんを通して頼んできたの。黒王子、優しいところあるよね。じつはまだ熱っぽいけど、美夜ちゃんが心配で来ちゃったよ」

「そんな～!!　ダメだよ、休まなきゃ。自分のことをまず考えて」
　心愛のおでこにピタッと手を当てると、たしかに少し熱いような気がする。
「いーの、へーキだよ。美夜ちゃんの顔見たら、元気出てきた。家にいてもつまんないし……今日は学校でおとなしくしてるよ」
　へへっと笑う心愛が、愛おしい。
「も～、そんなこと言って。熱あがったらどうするの？」
「まーね。そうそう、黒王子がねー……」
　心愛がなにか言いかけたとき、学食に行ってたっぽい矢野が教室に戻ってきた。
「王子がなんだって？」
　ジロリとこっちをにらんでくる。
「あっ、黒王子様～。こんにちは」
　すかさず、心愛が矢野にぺこりとお辞儀(じぎ)をする。
　熱でボケちゃった？
　本人に、黒王子とか言ってるし！
　黒髪＝黒王子なんて、矢野には通用しないはず。
　きっと腹黒王子って思うよね？
　案の定、矢野が眉を寄せた。
「黒王子？　それ、俺のことか」
　不服そうに口を尖らせるかと思いきや。
　なにかをたくらむかのように、口の端をあげて笑っている。

　まさに、黒王子だよ。
　相当悪い顔してる……。
「そーだよ」
　うなずく心愛に、矢野が自らの解釈（かいしゃく）を話しはじめる。
「黒王子なー……たしかに、俺ってブラックのイメージ？　クールにキマッてるしな」
　いや、そうじゃないよ。
　心の中で、思わずツッコむ。
「それもいいかも～。ホントは、黒髪だからなんだけどね」
　クスクスと笑う心愛を見て、矢野も笑っている。
「あ～、そんな感じ？　お前、結構テキトーだな。まさか寿が白王子？」
「当たり～」
　黒王子、白王子って学園の女子がウワサしてるのにね。
　当の本人はまったく気づいてないのが、なんだか矢野らしい。
　矢野と心愛は、クスクスと笑い合っている。
　あたしと話すと、こういう展開にはならない。
　つい矢野に反発しちゃうからね。
　そして矢野も、あたしに対して挑発的だし。
「で、青井の女。俺がどうしたって？」
　話題が変わっても、やっぱりそこに戻るわけだ。
　しかも、同じクラスなのに、心愛の名前を覚えてない？
　ホント、コイツってば……。
「あ～、うん。なんでもないの」

心愛はすぐに自分の席に戻っていった。

なにかまずいことだった？

首を傾げていると、矢野はあたしを通りすぎ、自分の席へと向かう。

あたしも、自分の席へ移動した。

「おいー、お前バカだな」

へ？

着席するなり、うしろから矢野の声が聞こえる。

あたしのこと？

チラリと振り返った。

「昨日の今日で、あれはないだろ」

「なんの話？」

たぶんあたしは今、しかめっ面をしてると思う。

せっかく気持ちを入れかえて、気分よくなっていたのに。

今の矢野の一言で、一気に不機嫌モード。

きっと、いいことは言われない。

「さっき廊下で女子が話してた。お前……寿のこと、あきらめないって？　アグレッシブに行くんだな、無謀(むぼう)もはなはだしい」

「はなはだしいってなに？　その言い方、しゃくに障(さわ)る」

「ははは～、身のほどを知れ。友達関係を続けろとは言ったけど、リベンジしろとは言ってねー」

「ウッザ」

「どっちがウゼェんだよ、寿にイヤがられんぞ？」

「寿くんは、そんな人じゃありませんー。矢野とは人格がちがうの」
「同じようなもんだろ？　つか、アイツの方が節操ないから。一方的に押して、勝手に引いてく。相手の都合なんて、まったく考えねー。俺より自己中だね」
生意気そうな矢野の顔を見てると、もっと反撃したくなる。
「へー。あんたより自己中な人間なんているんだ？　見てみたーい」
「だから寿だっつってんだろ。本気になったら、お前、泣くぐらいじゃすまねーぞ。いらなくなった女をゴミみたいに捨てんだよ、アイツは。今回のことで気づけよ」
「それでも一応、ポリシーはあるよね。初恋の相手を一途に想ってる。矢野は見た目？　性格なんてどうでもよくて、姿がちがえばあたしでもいいんだよね」
ああ、ダメだ。
矢野といると、あたしのイヤな部分が全開になる。
こんなやり取り、したいわけじゃないのに……。
どう出てくるかと思えば。
「……おー、そうだな。その男装やめたら、付き合ってやるよ」
いや、なんでそこで上から目線？
そして姿がちがえば、付き合うと!?
冗談じゃない。
「男装って失礼な！　ってか、なんであたしが矢野に付き合ってもらわなきゃいけないの？」

「お前みたいな女、俺しか手に負えねーから」
　ボソッとつぶやく。
　矢野にしたら、声小さい。
「え？」
　どういうこと……？
「え、じゃねーよ。寿には渡してたまるか。お前は俺の女になるんだよ」
　強引に腕を引かれる。
「やっ……ちょっと」
　突然で、なにが起きたのか理解できなかった。
「おい、わかってんだろーな。今日から俺のために女を磨け」
　……はい？
「なに言って……」
「寿のことが好き？　んなもん、幻想(げんそう)だ。先に手ぇ出したの俺だし。この唇にも、肌にも……全部、俺が愛の証を刻(きざ)みこんでやったんだろ。忘れた？」
　その言葉に、周りが一気にザワついた。
　クラスメイトの前で、なっ……なんてこと言うのよーっ！
「みんなが誤解するから、今すぐ訂正して」
「誤解？　キスしたのに、そーいうこと言うか？」
「イヤーッ!!　どうして白鳥さんばっかり!?」
　寿くんとあたしが付き合ったとき以来の、女子の甲高(かんだか)い悲鳴を聞いた気がする。
　もう、あたし絶対絶命。

矢野の暴走に、否定する気すら起きない。

とりあえず、冷静にならなきゃ。

エリカじゃなく……このあたし、白鳥美夜を認めようとしてる？

まさか、冗談だよね。

「みんなが引いてるよ。オネエとキスなんて、矢野の名誉に関わるんじゃないの？」

「なに必死になってんの？　かわいいとこあんじゃん」

「必死になるって！　なんであたし……」

「お前のこと、大っ嫌いなんだけどなー。なのに妙にかまいたくなる、これって恋だろ？」

いや、それ絶対にちが〜うっ!!

「そんなの恋じゃない！」

「そか。お前からかうと、おもしろいんだよなー。休んでる間つまんなかったし。しばらく俺の暇つぶしに付き合えよ」

「ヤだって！　あたしは、寿くんのことが……」

「ムリムリ。今は宮崎に夢中だから。あの女に飽きても、お前のところには戻ってこねーよ」

「そんなことない！　あたし、誰になんと言われても、がんばるって決めたんだ」

もう、クラス中が引いてるのがわかる。

だけどあたしだって、あとには引けない。

「今から、寿くんに自分の気持ちを伝える」

「やめとけって。傷つくだけだから」

「いいの！」
「なんの騒ぎ？　ハハ、みんな総立ちだけど」
　しばらく矢野と言い合いをしていると、本人が登場した。
「寿くん!!　あのね、あたし……」
　現れた寿くんに駆けよろうとすると、うしろから矢野に引っぱられた。
　それはもう、すごい力で。
「待てって言ってんのが聞こえねぇ？」
「離してよ」
「素直になれよ。せっかく顔はかわいいのに」
　はぁ!?
　矢野があたしを抱きすくめ、そっと耳もとでささやいた。
　瞬間、背筋がソクゾクッとした。
「ひゃっ……やめて」
「寿のとこに、行くなよ……さびしい」
「……え？」
　さびしいなんて、それは本音？
　ドキッとしていると、耳にフッと息を吹きかけられた。
「きゃーっ！　なにするのよ!!　耳っ……耳に……」
「あー、その反応そそられるわー。俺のことイヤがる女を、イジメたおしたい」
　……はい!?
「へっ……ヘンタイなの？」
「まさか。こんな感情、俺もはじめてだからよくわかんねーけど」

「それって、嫌いなあたしをただイジメたいだけじゃないの？」
「わかんね。とにかく、その格好萎えるから、明日からウィッグつけてメイクしてこい」
なっ……なんてヤツ！
「見た目、NGってことだよね」
「ははは一」
「笑ってんじゃないわよ！　そんなの恋でもなんでもないし」
「お前の中身が好きってことじゃん。外見より、中身……」
「それ、なんかちがう!!」
「え〜、翔太！　美夜ちゃんのこと好きなの？　すげぇ、ビッグカップルの誕生だな〜」
そばで聞いていた寿くんが、驚きながらも手をたたいて喜んでいる。
「これは、ちがうの！　あたしに嫌がらせしてるだけで。あたしは、寿くんが好きなのに!!」
きゃー！
言っちゃった!!
とうとう、告白しちゃった！
どういう反応が返ってくるか、ドキドキしていたら。
「美夜ちゃんが俺を!?　何回告白してもダメだったのに。翔太から逃げたくてウソついてもムダ〜」
全然本気にしてないし。
そっか、ずっと寿くんのこと断ってたんだもんね。

今さら信じてもらえそうにない。
「俺の暇つぶしにちょーどいい」
「暇つぶしって、あんたねぇ」
にらむと、矢野は薄く笑っている。
「だってなー……」
突然手を握られて、はじめての感覚に体がビクンと跳ねた。
矢野の手は、思ったより熱くて大きくて、しっかりとあたしの手を包みこんでいる。
華奢な見た目や鬼畜（きちく）な振るまいとちがい、温かくて優しくて。
なんだか包容力がある……。
意外すぎて、拒絶するのを忘れてしまうほど。
「ほらな、そーいう反応見たら……なんかこっちまで照れるわ」
矢野の顔が、ほんのり赤い。
矢野が、照れる……？
驚いていると、また耳に顔を寄せてくる。
「やっ、やめ……」
「大丈夫、今度はなにもしねぇよ」
そう言って、優しく微笑む。
その顔にドキッとしたあたしは、微動だにできなくなった。
そして手をギュッと強めに握ると、矢野はそっとあたしに耳打ちした。

「お前をイジメんのは、照れかくしだろ。わかんねーか、こら」

　照れかくし……。

　まさか、ホントにそうなの？

　嫌がらせじゃないって思えば、なんだかうれしいのはどうしてかな。

「…………」

　なにも、言えなくなってしまった。

　そこで……。

「うわー、なんか妬けるなー。昨日まで俺の彼女だったのに」

　寿くんの、この発言。

　あたしにもまだ希望があると思っていい？

「よく言うー。寿、宮崎と結婚するってほざいてたくせに」

　けっ、結婚!?

　あたしから離れた矢野が、ククッと笑っている。

　もうそんな話になってるの!?

「ハハ、そーだった。初恋の子と結婚するって、なんか憧れる。みやちゃんも、OKの返事をくれたしね」

　ウソー！

　それはショック!!

「だったら、宮崎は寿の婚約者だよな。そうか〜、別れさせようとするヤツがいたら、婚約破棄……大事だな」

　矢野が、あたしを見てニヤリと笑う。

　婚約破棄!?

　そんなつもり、ないんだけど。

「翔太、おおげさ。みやちゃんはさ、料理もうまくて家庭的で女の子らしくて、モロ俺の理想。いいお嫁(よめ)さんになりそうだろ」

宮崎さんに……完敗(かんぱい)。

あたしがリベンジする隙(すき)なんて、１ミリもないんだね。

ショックを受けていると……。

「……だと。お前、２回もフラれてんじゃねーよ」

耳もとで、ボソッと矢野がつぶやく。

「うるさい」

あたしには、家庭的な面なんていっさいない。

今からどうがんばっても、宮崎さんみたいにはなれないってわかってるのに……。

宮崎さんに、なりたい。

寿くんにそんなに想われて、うらやましいな。

「お前さー、今、宮崎になりたいとか思った？」

ええっ、なんでわかったの!?

驚き、見あげる。

「矢野って、エスパー？」

「まさか。だけど、お前のこと……わかんねぇから、理解しようって必死」

くしゃっと顔を崩して笑う矢野は、なんだかいつもとちがう。

矢野は、そういうとこわかりやすいよね……。

ちょっと悲しそうに見える横顔に、キュッと胸が苦しくなる。

「離して」
　マジメな顔になりそう言うと、矢野は握っていた手をすんなり解放してくれた。
　あたし、自分に正直に生きるって決めたから。
　もう、迷いたくない。
　周りに振りまわされず、自分の気持ちに素直でいたい。
　寿くんの前に立ち、軽く息を吸った。
「あたし……ずっと自覚がなかったんだけど……寿くんのこと……」
「ん、俺がどーかした？」
　優しい顔で微笑む、寿くん。
　ついこの間まで、この笑顔はすぐ手の届くところにあったのに、あたしは拒否していたんだ。
　もっと、早く気づくべきだった……。
「あたし、寿くんのこと……」
「寿く〜ん、忘れ物だよ」
　教室の入り口に、キラキラの笑顔の女の子が立っていた。
　腰まである長い髪は艶やかで、美しい。
　そしてなんとも言えない、優しくおだやかな雰囲気をまとっている。
　あれは、宮崎さんだ……。
「すぐ行く。ちょっと待って」
　寿くんが、宮崎さんに手をあげ合図している。
「うんっ、急がなくていーよ。いつまでも待つから大丈夫」
　かわいい子だな……。

あたし、太刀打ちできないよ。
それに……。
「美夜ちゃん、どした？」
あたしを見つめる、まっすぐな瞳。
少し前まで、全部あたしのためのモノだった。
だけど今は、もっと大切な人を見つけた……。
自分の幸せのために我(が)を通すことは、はたして正解？
相手の幸せを願って身を引くことが正しいの？
あたしには……まだ、その答えがわからない。
だけど、これだけはわかる。
このタイミングで、好きって伝えてどうなるの？
寿くんを、困らせるだけだよね……。
「やっぱ、いーや。引きとめてごめん……彼女のとこに行って？」
「いいの？　話、途中じゃなかった？」
寿くんの瞳が、優しく細められる。
胸がキュッと苦しくなって、切なくなった。
これが、恋の痛み？
「大丈夫だよー、さっさと行きなさい！」
蹴る真似をすると、寿くんは華麗(かれい)にサッと避けた。
今までのように寿くんと接することができて、なんだかうれしい。
「わっ！　蹴るとか、女の子なんだからダメだよ」
「はーい」
「おっ、かわいい返事。美夜ちゃん、髪伸ばしたら？　たぶん、似合う」

爆弾を落とし、笑顔を振りまいたまま彼女のもとへ。

……やっぱり、寿くんは悪魔だ。

別れた彼女にそんなこと言うなんて……未練残るじゃんかー！

「バカだねー、なんで行かせた？　寿に……今、伝えたいことがあったんだろ」

矢野が、あたしの頭を小突く。

「べつに、ない……」

「ふーん。我慢しちゃって」

「してない。もう、いい。髪、伸ばして……リベンジしようかな」

短い髪を、手でさわる。

この髪が胸もとあたりになるには、いったい何年かかるのかな……。

「がんばれよ」

意外な人からの後押しに驚く。

「応援、してくれるの？」

矢野は余裕の表情であたしを見ている。

「それでお前の気がすむなら、いいんじゃね？」

「矢野……あんたって、やっぱ結構いいヤツ」

「だろ？　ま、その髪が伸びる前に……俺がモノにしてるけどな」

「……はい？」

「この俺が落とせない女なんか、いねぇっつの。覚悟(かくご)しとけよ、コノヤロ」
　頭を、グリグリとグーでこすられた。
「いっ……たーい!!　信じらんない、女の子にこんなことする!?」
「女の子って自覚あんのか？　俺に見せてみろよ。もっとかわいがってやるから」
　矢野が言うと、イジメられる方向にしか考えられない。
「もっとって！　これのどこが、かわいがってるのよ」
「愛情表現だろ？　抱きしめて甘いセリフ吐かれたい？　お願いするなら今ここでしてやるけど」
「冗談じゃない！　絶対にイヤ」
　あたしたちが言い合っていると、クラスの女子がヒソヒソと話す声が聞こえる。
「矢野くん、白鳥さんのこと完全にバカにしてるよね。フフッ、イジるのにちょうどいいんじゃない？」
「よかった〜。白鳥さんに本気になるわけ、ないよね」
　みんなは、矢野の気持ちに気づいてないみたい。
　イジってることにはちがいないけどね。
　こんなやり取りが、いつまで続くのか。
　以前は矢野のことが大っ嫌いだったけど、こうして顔を合わせて話しても、前ほどイヤじゃない。
　そしてケンカ腰だからか、男とかとくに意識せず話せる。
　なんか、自然体でいられて居心地いいかも……。
「隙あり」
　矢野が、あたしのおでこを指で弾く。

「痛っ、ちょっと……なにする」
「ボーッとしてんじゃねぇよ。寿のこと考える暇があったら、俺のこと見つめてろ？」
なっ……。
「今考えてたのは、矢野……」
あ……。
「え、マジで俺のこと考えてた？」
急にデレッとした顔を見せる。
ドキッ！
ヤダもう、どうしてそういう顔をするの？
翻弄（ほんろう）される……。
心臓がドキドキしはじめて、いてもたってもいられなくなる。
「せっ、先生。早く来て」
授業よ、早く始まれ～！
「お前……もしかして担任も狙ってる？　男にすぐしっぽ振りやがって」
くやしそうな顔をしている矢野を見てたら、一気に気がゆるむ。
どうしてそうなるの？
「……そうじゃないよ」
「マジで？　ならいいけど」
それでもなんだか不服そうなのが、ちょっとかわいい。
「あ～あ、早く髪……伸びないかなぁ」
どんな反応をするのか楽しみで、わざとそう言ってみる。

短い髪を指で梳くと、ジロッとにらんできた。
わっ、なにか文句言われちゃう？
「やっぱ伸ばすの禁止。お前のこと狙うヤツ増えたら困るし」
どれだけ心配性!?
もうここまできたら、笑っちゃうよ。
「矢野ぐらいだよ、あたしをいいって言う物好きは」
「言っとくけど、今のお前じゃねぇから。俺が好きなのはー」
「はいはい」
「俺の話、マジメに聞いてんのか？」
ホンット、どうしたものか。
あたしと矢野の攻防は、しばらく続きそうだね。

今頃気づいたホントの気持ち

　季節はあっという間に冬。
　今日は終業式。
　クリスマスイヴで、あたしの周りは幸せ一色だ。
「帰り、青井くんとテーマパークでデートするの」
　幸せそうな心愛を見ているだけで、あたしもほっこりする。
「美夜はどうするの？　黒王子と一緒に過ごす？　もう声かけられた!?」
　興奮しながら聞かれるけど、まさか、そんなことがあるわけない。
　あたしと矢野の関係は、相変わらず。
　寿くんのことは、だんだん吹っきれてきた。
　ていうか、最初からこの気持ちは恋だったの？
　今となっては、ちがったのかもと思うようになった。
　きっとあたしは、恋とは無縁なんだね。
　人のウワサも七十五日って感じで、今では誰もあたしと寿くんのことを話題に出さなくなった。
　寿くんも、相変わらず宮崎さんと仲よく付き合ってるしね。
「今日、バイト入ってるの。自分のクリスマスどころじゃないよ」
「そっか～……がんばってね。また連絡するね～」

今月から、バイトを始めたんだ。

家の近くにある小さなケーキ屋さん。

スイーツってガラか！って矢野やクラスメイトに言われそうだから、心愛にしか話してないけど。

ハロウィンで美琴と一緒にケーキを作ってから、興味がわいてきたんだよね。

バイトだから売る仕事だけなんだけど、将来そういう仕事に携（たずさ）わることができればいいなとひそかに思っている。

心愛を見送り、あたしも教室を出た。

矢野はあたしと心愛のやり取りをジッと見ていたけど、結局なにも話しかけてこなかった。

なんだろう、気持ち悪い。

いつもなら、なにかちょっかいかけてくるのにね。

クリスマス……矢野は、誰と過ごすのかな？

あたしに告白したあのときの矢野は、どこへ行ったのか。

あたしがあからさまにイヤがるからか、最近ではもうそういうことは言わなくなった。

ただの、ケンカ友達。

それがちょっと物足りなくなるときもある……。

あたしが髪を伸ばしたら、矢野はどういう反応をするんだろう。

……ぶわっ。

考えたら、なぜか一気に顔が熱くなった。

あたし、なに考えてるんだろう。

バカみたい……。

　最近の矢野は男子とばかりつるんでいて、女子といる姿を見かけない。
　もしかしたら、他校に彼女がいるのかもしれないね。
　どうでもいいよ、あんなヤツのこと……。
　帰り道、電車の中にはカップルが目立つ。
　制服姿の子や、大学生っぽい人たち。
　向き合い、顔をほころばせて話している。
　みんな幸せそうだな～。
　よし、あたしはみんなの幸せを精いっぱい応援する側にまわろう！

「いらっしゃいませ～」
　さっ……寒い!!
　冷たい風が吹きすさぶ中、あたしは店頭でクリスマスケーキを売っていた。
　クリスマスは、ケーキ屋のかき入れ時!!
　みんながハッピーなクリスマスを送れるように、おいしいケーキを届けたい。
「もう少しだな～、今日の分を売りきりたいから、あと少しがんばって」
「はい、がんばります！」
　様子を見にきた店長が店に入ったあと、ふたたび売り子を続ける。
「メリークリスマス！　クリスマスケーキはいかがですか？」

外はすっかり暗くなり、凍てつく風が肌を突き刺す。
あと1時間で閉店の20時。
残るクリスマスケーキは、2個。
この時間だと、完売は厳しいところ。
それにしても、さっ……寒い。
凍えそう。
売りきって、早くお店に戻りたいよ。
最後はあたしが買うってのもアリだよね？
そんなことを思いながらケーキの箱をのぞいていたら、目の前に誰かが立つ気配がした。
来た～！
あたしにとって、サンタのような人！
「メリークリスマ……あぁっ」
「メリークリスマ～、じゃねーだろ。ちゃんと発音しろよ」
う、わ……。
「なっ……どうして矢野がここに!?　っていうか!!　あたしがここでバイトしてるの……知ってたの!?」
目の前には、不機嫌そうな顔をした矢野が立っていた。
まだ制服のままで、マフラーをぐるぐる巻きにして目と鼻の先だけを出している。
鼻と頬を赤くして、寒そうにふるえている。
「偶然通りかかった」
そうなの!?
それにしては……。
すると、ケーキの箱を指さした。

「これ、買いたいんだけど」
「え、ああっ……ありがとうございます」
「ローソクは？　いくつ入ってる？」
　へ!?
　クリスマスケーキのローソクって、何本だっけ？
「ちょっと、店長に確認してきます」
　急いで中に入ろうとすると、矢野に腕を引っぱられた。
「バイト、何時に終わる？　それもついでに聞いてこい」
　え……。
「はっ、はい！」
　わけわかんない。
　そんなの、矢野になんの関係があるの!?
　だけど、聞き返すことができなかった。
　急いで店内に入る。
　店長に聞くと、売りきったら帰っていいってことだった。
　また、矢野のもとへ戻る。
「ローソクは５本入ってて。バイトは、これが全部売れたら終わりだって……」
「ふーん」
　ポケットに手を入れ、口を尖らせる。
「じゃ、全部くれよ」
「え？」
「買うっつってんだよ、さっさと包め」
　や……もう、意味がわかんない。
　お金を受けとり、袋に入れる。

ふたつも買って、どうする気!?

ううん、問題はそこじゃない。

もうすぐあたしのバイトが終わる。

そのために、買った……ってこと？

「ありがとうございました……」

「風邪、引くなよ。じゃーな、また来年学校で」

自分こそ、今にも風邪引きそうな顔してよく言う。

偶然通りかかったなんて、ウソだよね？

もしそうなら、矢野の性格だとすぐに声をかけてきそうだもん。

きっと、心愛か美琴がバラしたんだ……。

まさか、あたしのバイトが終わるのを、近くでずっと待ってたとか？

真意はわからないけど、このまま矢野を帰らせちゃいけない気がした。

それに、あたしも……矢野ともう少し話したい。

わざわざ来てくれたんだとしたら、お礼の一言ぐらい言いたいから。

「もうバイトあがるから。ちょっと、待ってて？」

「は？」

うわ。イヤっそうな顔してる。

だよね、ホントに偶然通りかかっただけかもしれない。

「ううん、なんでもない。寒いから早く帰りなよ」

「や、べつにいーけど。ここにいるわ」

え。

タイムラグありすぎ。
やっぱり、待ってた!?

すぐに店の中へ入り、着替えをすませて裏口から外に出た。
ちょうど矢野が背を向けている場所に裏口があり、そっと近づくと。
「あ〜、寒っ!! クリスマスにバイト入れるなんて、マジアイツ男っ気ねぇな」
なんだか、ひとりでブツブツ言ってる。
どうせモテませんよ〜だ。
「こんなに俺を待たせて、アイツが戻ったらぜって一文句言ってやる」
怖っ。
やっぱり、待ってなんて言うんじゃなかった！
「早く来いよ〜、時間ねぇじゃん。人待たせてんだよ」
ズキッ。
あ……そっか。
あたし、バカだった。
クリスマスに予定がないなんて、あたしぐらいだよね。
ケーキふたつも買って、矢野は女の子と約束してた？
そうだよね……。
「お待たせ」
目の前に現れると、矢野はピタッと話すのをやめた。
「……おー。結構早かったな」

あれっ、さんざん遅いって言ってたのに。

意外に噛みついてこないんだね。

「矢野が来てくれたから……今日は急いでみた」

だからかな。

あたしも、ちょっと素直に言えた。

すると、矢野が逆に大あわて。

「なっ……んだよ、もしかして俺に会いたかったとか!? それならそうと、早く言えよ」

いや、そこまで言ってない。

「そうじゃないけど……でも、ありがと。矢野のおかげでバイト早くあがれた」

こうして会って話せて、なんだかうれしい。

思わず笑みがこぼれた。

「そうじゃないって、テンションさがるな〜。他の女なら、俺に会えてうれしいって泣いて喜ぶのに」

「ちがってごめんなさいね〜」

「ま、俺見て喜ぶヤツのとこに今から行ってくるか〜」

そうなんだ、誰と会うんだろう。

同じ学校の子かな。

矢野に興味なんてないはずなのに、なんだか気になる。

「クリスマスだもんね。予定……入ってるよね」

「おー、いろんな女に誘われたけどな。俺の一番大切なヤツと約束した」

ぐっ……。

最近、女遊びもおさまったと思ってたのに、そうじゃなかったんだね。
　一番大切な女の子。
　矢野が好きになるのって、どんな子だろう。
　なんか胸がズキズキする。
　自覚はないけど、もしかしてあたし、ちょっと期待してた？
　バイト先までわざわざ来てくれて、寒い中あたしのバイトが終わるのを、待ってくれた……って。
　「今から一緒にケーキ食おうぜ」とでも言われると思った？
　あたしもバカだな。
　なにをカンちがいしてるんだろう。
　クリスマスに、サンタのように現れて残りのケーキを買ってくれて。
　これ以上のプレゼントなんてないよね。
「よかったね。それじゃ、お幸せに」
「おう。お前もいいクリスマス、過ごせよ」
　いいクリスマスってなんだろう。
　彼氏もいなければ、友達と約束しているわけでも、家でパーティーする予定もない。
　さびしいクリスマスだよ……。
　自分の中に、こういう感情があるってはじめて知った。
　いつもひとりで大丈夫だって思ってた。
　誰かと一緒に過ごすクリスマスって、うらやましい。
　ううん……そうじゃない。

矢野が、他の女の子と過ごすんだと思ったら、それがなんだかくやしくて。

くやしいっていう言葉が適してるのかはわからないけど、すごく複雑な気持ち。

もう、あたしに興味ないのかな。

あるわけないよね……。

そうだね、あれだけ矢野の気持ちを受けいれなかったのに……。

そこで、ハッとした。

あたし……これでいいの？

寿くんのときも、宮崎さんと付き合いはじめたことで自分の気持ちに気づいた。

そのときには、もう遅くて……。

今回も……矢野の気持ちが他の子にあるって知って、こんなにショックなの？

ってことは、あたしは……矢野を……。

ま、まさかね。

否定するように、プルプルと顔を横に振る。

「ねぇ、さっきどうしてローソクの数を聞いたの？」

話題を変えたいのもあるし、気になっていたことを聞いてみることにした。

「一緒に過ごすヤツの誕生日パーティーも兼(か)ねてるから」

うれしそうに笑う矢野の笑顔が、胸に痛い。

苦しい……。

こんな表情、見たくなかった。

どうして……あたしのバイト先にケーキを買いにくるのよ。

幸せそうな顔なんか、見せないで。

あたしって勝手だね。

ホント、バカなヤツ……。

今頃、ホントの気持ちに気づくなんて。

あたし、矢野のことが……好き、かもしれない。

自分の不器用さに、泣きたくなる。

涙腺（るいせん）がゆるんできて、ギュッと目を閉じた。

「お前、大丈夫か？　寒かったもんな、鼻まっ赤じゃん」

これは、泣きそうだからだよ。

「平気だよ！　矢野だって……耳までまっ赤。こんな寒いのに、ウチの店までケーキ買いにきて。彼女、待ってるんじゃないの？」

「残念ながら、彼女じゃねーの」

へへッと笑う矢野が、なんだかいじらしい。

「そうなんだ……矢野に彼女ができたら、ちょっと残念だけど、早く付き合えるといいね」

あたしも、なに言ってるんだろう。

寒すぎてどうかしちゃった？

「…………」

すると、矢野が突然、黙りこんだ。

よくしゃべる男だから、無言になることがあまりなくて違和感を覚える。

「どうしたの？」

「いや、べつに。今日のお前、すげぇかわいいな……って思って」

　え。

「えええぇっ!!」

　ひさびさに聞いた、そんな言葉。

　なんだかすごくなつかしい。

「ショートカット、ありえねぇと思ってたけど……こうやって見ると、似合ってるな」

「そ、そうかな……あ、あ……ありがとう」

　うれしくて、はずかしくて、思わず噛んでしまう。

　耳にかけるほど髪もないのに、手持ち無沙汰(ぶさた)で髪をさわる。

　すごい威力!!

　好きかもしれないって思ったら、こんなに意識してしまうもの？

　矢野にとって、女に優しい言葉をかけるなんて、社交辞令みたいなもんなんだろうけど、ドキドキする。

　女……。

　今、あたしのこと女の子扱いした？

　このままのあたしを認めてくれたことが、すごくうれしい。

「いつもそんなこと言わないよね。どうしたの？」

「お前こそ、俺に彼女ができたら残念とか、どういう意味だよ」

　ニヤニヤしながら、聞いてくる。

「べつに。今日の矢野、優しいし……なんとなく」
　お互い、学校ではケンカ腰で会話してた。
　だけど今は、普通に話せてる。
　そういえば、周りに誰かがいると視線が気になって、つい反発し合ってたのかも。
　ふたりっきりになってやっと今、本音が言える。
　だって、あたしの言葉を聞いているのは……目の前の、優しい表情をした、矢野しかいないから。
「俺が優しかったら、お前はいつもそんな感じなわけ？」
「知らない……」
　どういう態度をすればいいのかわからなくて、顔を背ける。
「バイトがんばったご褒美(ほうび)に、これやるよ」
　えっ？
　ふわっと、首からかけられるマフラー。
　それは、今矢野がつけていたモノで。
　矢野の優しさが届くかのように、温かい。
「えっ……そんな、いいよ」
「遠慮すんなよ。そんな寒そうな顔で、帰せねーじゃん」
　これは、寒いのもあるけど……矢野がいなくなる、さびしさからだよ。
　そんなこと、言えないんだけど。
　まともに矢野の顔が見られない。
　表情を隠すように、マフラーに半分顔を埋(うず)める。
「顔、全然見えねぇ」

手が伸びてきて、マフラーを下に軽く引っぱられた。
「こんなに、冷たくなってっし」
頬に手の甲を当ててくるけど、矢野の手の方がびっくりするほど冷たかった。
「矢野の方が手、冷たいよ!?　大丈夫なの？」
「そか。心配してくれんの？」
うれしそうに顔をほころばせる。
悪態をついてないときの矢野って、どうしてこんなにかわいいのか。
「うん……」
思わず、あたしも素直になる。
あたしを見つめる視線にドキドキして、胸もギュッと苦しくなってきた。
「お前の顔が赤いのって……寒いから？　それとも、俺のせい？」
あたしの気持ちを見すかすように、矢野が優しく笑う。
「俺のせいなんて……どうしてそんなこと聞くの？」
もうこれで精いっぱい。
はずかしくて、ホントのことなんて言えない。
「そうなら、いいって思ったから。もう……待つの、限界なんだけど」
一瞬、耳を疑った。
今なんて言ったの？
「矢野……なに言ってるの？　今から大切な子と過ごすんだよね、それなのにどうして」

「お前が行くなって言うなら、行かない」

そんなの、あたしに言う権利ないよ……。

黙っていると、矢野の表情が少し曇った。

「寿のこと……まだ、あきらめらんない？」

「え！　ううん、それはもう、終わったことだから……」

どうしてその名前が、今出てくるの？

あれが恋だったのかすら、今では思い出せないほど。

もう、寿くんのことは、なんとも思ってないのに……。

「お前の気持ちが落ちつくまで、待とうと思ったけど。どのタイミングで切りだしていいかわかんなくて」

ちょっと、この展開は……。

矢野はもしかして、あたしのことを？

もしそうだとしたら……。

うわぁ……かなりうれしいかも。

「笑ってんじゃねーよ。俺らしくない？」

顔がほころんでいたみたいで、矢野に気づかれた。

「そうじゃない……」

ホントは、うれしくて。

「気持ち、聞かせてほしい。俺のこと……今、どう思ってるのか」

本人を目の前にして、素直に言えたらどんなに楽か。

だけどあたしは、そういうキャラじゃないっていうか。

その前に、すごくはずかしい。

こういう場面に遭遇して、気づく。

あたしは、ずっとそういう気持ちから逃げてきたのかもしれない。
　恋なんて、自分とは無縁だと思っていた。
　けどそれは、女の子らしくなることを自然と避けていたから。
　矢野を好きっていうことを受けいれるだけで、こんなにも幸せな気持ちになるなんて、知らなかったよ……。
　あたしだって、思いきって女の子らしくしてみてもいいのかな。
「矢野のこと……嫌いじゃない」
　ああ……やっぱり、言えないよ。
　好きっていう言葉は、すごい威力を持ってる。
　簡単に言えるような勇気を、あたしは持ち合わせていない。
　情けないな。
　こんなのじゃ、伝わらない。
　もう一度勇気を出して、ちがう言葉で言いかえてみようとした、そのとき。
「もう……俺にウソつくの、これで最後にしろよ」
　しぼりだすような声で、矢野がつぶやいた。
「え……」
「なんとも思ってないなら、そう言えって。俺がかわいそうだからって、気ぃ遣うな。お前にウソつかれるのが、一番キツい……」
　まだ、気にしてるんだ。
　そうだよね……イケメンコンテストで勝つために、ウソにウソを重ねて矢野を深く傷つけた。
　あのときの罪滅ぼしをするためにも、もうあたしは……
矢野に、ホントのことしか言っちゃいけないよね。
「矢野のこと……友達とは、思えない」
「マジかよ」
　あきらかに、ショックを受けている。
　……あれっ、ちゃんと気持ちを伝えたつもりなのに。
　こんなのじゃダメだよ、あたし。
　できるだけストレートに、わかりやすく伝えなきゃ。
「あ……あのねっ、こういうこと!!」
　恋愛経験不足で、愛を伝える言葉がわからない。
　もう言葉で表すのはムリだって悟ったあたしは、目の前にいる矢野に、思いっきり抱きついた。
　どうしてこんな大胆な行動に出たのか自分でも驚くけど、もうこれしか思いつかなかった。
「は？　や……わかんねぇ。ちょ、なんで抱きつくんだよ」
「察して！」
「えっ？」
　意外に鈍感なの!?
　抱きついた勢いからか、自然と言葉が口をついて出た。
「今日来てくれて、うれしかった。今さら信じてもらえないかもしれないけど。あたしの中で一番大切な人は……矢野なの」
　ギュッと腕に力をこめる。
「…………」

　矢野は言葉を失っている。
　驚かせすぎた？
　それとも、あたし……なにかまずいこと言っちゃった？
　あわてて体を離し、矢野の表情を確認すると。
「くーっ」
　うわ、イヤがってる!?
「マジか！　超うれしいんだけど。俺ら、両想いってことだよな？」
　今度は、あたしの肩を持って揺さぶる。
　よかった、イヤがってるんじゃなかったんだ？
　喜びの表現だってわかって、かなりホッとした。
「うん……矢野のこと……」
「好き、なんだろ？　俺も、超好き」
　この場面でそれ、先に言っちゃう？
　ホント、矢野のこういうとこ……好きだなぁ。
「気持ちを素直に言うのって、難しいね。その点、矢野はすごいよ」
　よくも悪くも、いつも気持ちをストレートにぶつけてくる。
　それって、すごいことかもしれない。
「バカだから、あんま深く考えねーの」
「だよね」
「お前なー」
「フフッ、だけど、そういう矢野だからいいんだよ。あたしが素直になれない分……リードしてほしい」

「よっしゃ、得意分野」
　あまりにうれしそうにニコニコするから、つい、あたしの顔もほころぶ。
　矢野は、人をリラックスさせるのがうまい。
　あたしの緊張も、矢野のおかげでみごとに吹きとんだ。
「おし、今日から付き合おうな。クリスマスイヴが記念日とか、最高だな」
　ロマンチストなヤツめ……。
　とか思いながら、あたしも結構うれしかったりする。
「覚えやすくていいよね」
「まーな。とりあえず、帰るか。送るな」
「ありがと……」
　送られるって、なんかうれしい。
　後輩と帰ってるとき、それはいつもあたしの役目だったから。
　今は、こういうのがいいなって思える。
　付き合うっていう事実以外、会話の内容だって以前と変わらない。
　それでもやっぱり安心感が、全然ちがう。
　歩きながら、他愛もない話をしているだけでテンションがあがって、幸せな気分になる。
　矢野と一緒にいると、すごく楽しい。
　このまま、家に着かなければいいとさえ思う。

　だけど楽しい時間は、すぐに終わってしまうもので。

　あたしたちは、もう家の近くまで来ていた。
「寒いから、風邪引かないように気をつけてね」
「付き合ったとたん、優しーのな。お礼にチューしていい？」
　はいっ!?
「やっ……ちょっと、ムリ！」
　全力で拒否したら、ウケている。
「ハハッ！　冗談だろ～、本気にするなよ」
　本気にするって！
「矢野ならやりそう」
　ジロリとにらむと、ヘラッと笑っている。
「すぐ嫌われてもヤだし？」
「そんなこと……」
「いつ、俺のこと好きになった？　全然わかんなかったな」
「驚かないでね？　じつは、さっき気づいたの」
「ほー」
　反応薄いけど、矢野のことだから、もっと理由を聞きたいはず。
　はずかしいけど、ここはちゃんと真実を話すべきだよね。
「矢野が他の子とクリスマスを一緒に過ごすのが、イヤだなって……あたしにこんな感情があるなんて、驚いた」
「あ～、それな。他の子……うんうん」
　なにかひとりで納得してる。
「その子に悪いことしちゃった……矢野と過ごせるの、楽しみにしてたはずだから」
「そんなの偽善者(ぎぜんしゃ)じゃん。俺と一緒にいたいんだろ？　悪いとか、思わなくてよくね？」

　偽善者と言われれば、それまでだけど。

　あたしのせいで予定が変わってしまったわけで。

「それでも、ひどいことをしたことには……変わりないよね」

　ちょっと落ちこんでいたら、矢野がマフラーをつかんであたしを引きよせた。

「わっ」

「お前さー、マジで俺が他の女と過ごすと思った？」

　え？

　挑発的な目を向けられ、動揺する。

「ち、ちがうの……？　あたし、てっきり……」

「お前も、まだまだだな。俺のウソが見ぬけねーようじゃ」

　得意げに、鼻を鳴らすけど……。

「ウソなの!?　ひどい！　かなりイヤだったよ!?」

「お前もついたろ。おあいこ」

　冗談っぽく、いたずらっぽい笑みを見せる矢野を、本気で怒ることもできない。

「そうだ……ひとつ気になってたんだけど。大切な人の誕生日っていうのも……ウソなの？」

　ローソクの本数を聞いてたし、ホントっぽかったよね。

　すると、矢野がハハッと笑った。

「あぁ、あれはコウタのこと」

「コウくんの誕生日なんだ!?　それなら早く帰らなきゃ」

「おう。だけど、お前とも過ごしたいし……とりあえず送るわ」

　コウくんには悪いけど、あと少しだけ矢野と過ごしたい。

　ゆっくり歩いて家まで送ってもらいながら、矢野との会話を楽しむ。

　一緒に過ごす時間がこんな楽しいものになるなんて、なんだか信じられない。

　そういえば、エリカと話すときの矢野は、こんな感じだったかも……。

　思えば、たくさん矢野にウソをついたよね。

　そこで家の前に着き、ここでお別れしなきゃいけないと思うと、あらためてお詫(わ)びしたくなった。

「矢野……今さらさけど、いっぱいウソついてごめんね」

「は？　マジで今さらだな」

　過去のことだし、もうそこまで怒ってない？

　さっきも、おあいこだってサラッと流されたもんね。

　ホッとして矢野を見ると、すごく切なそうな顔をしていた。

「俺にもうウソつくなよ。人を傷つけるウソなんか、最低だから……」

　やっぱり、ひどいことしたよね……。

「うん。あのときは、ホントにごめん」

「わかった。これで、全部帳消しにしてやるよ」

　近づいた矢野の目が、薄く閉じられる。

　これで……って、いう意味がすぐにわかった。

　少しずつ顔が近づいて……気づけば、矢野にキスされていた。
　そっと、唇が触れる。
　うわ、冷たい。
　好きな人とする初キスは、寒空の下……まるで氷のようなキス。
　お互い体が冷えきっているから、仕方ないんだけど。
　けど、そう思ったのは一瞬で。
　優しく重ねられる唇に、身も心も温かくなっていく。
　出会いはさんざんだったけど、あたしたち……これから付き合うんだね。
　キスははずかしいけど、矢野の気持ちが伝わってくるからうれしい。
　好き……っていう気持ちを、態度で示す。
　言葉で伝えるのが苦手なあたしに、最適な愛のカタチ。
　矢野のキスを、ただ受けいれるだけなんだけど……ギュッと腕に力をこめて抱きついた。
　長いキスを終えたあと、矢野があたしを見つめる。
「俺のこと、好きって言えよ」
「い……言えないよ」
　軽くうつむくけど、顎先を指ですくわれ、アッサリと上を向かされる。
「言えって」
　もう、逃がしてくれないみたい。
「うん……大好き……」
　顔を見合わせるのがはずかしくて、ふたたびギュッと抱きついた。
「俺も」

　ふたりで、しばらくそのまま抱き合っていたけど……いつまでもこうしてるわけにもいかず、どちらからともなく離れた。
　まさかあたしが、矢野とこういう関係になるなんて。
　誰が予想したであろうか……。
「冬休み中、連絡するね」
「おー。その前に、ちょっと家寄っていっていい？」
「ウチに？」
「お父さんとお母さんにごあいさつを……」
　はあぁ!?
　いったい、なんのつもり？
「やっ、ちょっと。お父さんはまだ帰ってないはず……って、冗談やめて。帰りなさいよ!!」
　さっきまでの甘い雰囲気はどこへやら。
　玄関先でバトルするあたしと矢野。
　いや、ケンカ腰なのはあたしだけか。
「まーまーまー。ここは俺に任せろ」
　意味不明なほど、余裕の矢野。
　あたしが止めるのも気にせず、玄関を突破した。
「おじゃましまーす」
　先に家に入っていく矢野を追いかける。
「ちょっ……待って！」

――パーン！

リビングに入ったとたん、なにかが弾ける大きな音がした。

「きゃーっ!!　あ……ええっ!?」

「メリークリスマ～ス。ケーキが来た～」

「お姉ちゃん、いつまでバイトしてたの？　ていうか、矢野先輩、お姉ちゃんのバイトが終わるまで店にいたとか？ずっとケーキ待ってたのに」

そこには、見たことのある顔が並んでいる。

お母さんと美琴がいるのはもちろん、その隣には……コウくんもいた。

あれっ、どうしてコウくんがここに？

「お待たせ～」

最高の笑みで、矢野がコウくんの前にケーキを置いている。

もしかして最初から、ここで誕生日を祝（いわ）うつもりだった？

とりあえず先に、コウくんにおめでとうを言わなきゃね。

「コウくん、誕生日おめでとう！」

「ありがとうございます」

ニッコリと、うれしそうに微笑むコウくん。

「もうっ！　ウチまで送るなんて言って、最初からここに来るつもりだったんだ？」

矢野を見ると、ニヤニヤと笑っている。

「ずっと、俺と一緒にいられてうれしいだろ？」

なっ……。
完全に、だまされた。
もったいつけた言い方して……完璧にカンちがいしちゃったよ。
にらんでやりたいところだけど……。
美琴が、興味津々にあたしたちを見ている。
「あれっ、お姉ちゃんとコウくんのお兄ちゃんって、いつからそんなに仲よかったの？」
ハッ。
そういえば、寿くんと付き合ったときも、根掘り葉掘り聞かれたんだよね。
別れたことを言ったときも、これから一緒に恋愛話をいっぱいしたかったのに！って、すごく残念がってたっけ。
あたし、そういうの苦手だからなぁ。
でも、さっき付き合いはじめたばっかりだし、まだ心の準備ができてないあたしは、あわててちがう話題を振った。
「そうだ！　美琴が矢野にあたしのバイト先、教えたの？」
その間に、矢野とコウくんはケーキの準備を始めている。
それを横目で見ながら、美琴が困り顔になる。
「うん。だってね、お姉ちゃんがウチにいないから……男と過ごしてるのかって、心配してたんだもん。なんだか、かわいそうになって……」
そうだったんだ。
矢野も、かわいいとこあるよね。
すると、美琴がコウくんに視線を移しつつ、ハニかんだ。

「矢野先輩が、今日コウくんを連れてきてくれたの。一緒にクリスマスしようって」
「へー」
　それは、あたしの所在を確かめるための口実？
　そんなことを思っていたら。
「いつも、病院でクリスマスしてたんだって。だから、こんな楽しい雰囲気で過ごせるのははじめてだって喜んでたよ」
「そうだったんだ……」
　美琴に会わせるために、コウくんを連れてきてくれたんだとしたら、感謝しなきゃいけないね。
　いつものクリスマスより、今年のクリスマスがコウくんにとって楽しいものになるなら、こんなにうれしいことはない。
「だから矢野先輩も一緒にどうぞって誘ったの。お姉ちゃんは……イヤだった？　もしそうなら、ごめんね」
　申しわけなさそうに美琴が謝るから、あわてて否定する。
「そんなことないよ。ありがとね、美琴」
　美琴と話している間、お母さんは話を聞いているのかいないのか、楽しそうにケーキを乗せる紙皿を準備している。
　そして矢野は、コウくんと楽しそうにケーキにローソクを並べていた。
　その姿は、すっかりお兄ちゃん。
　微笑ましい光景に、思わず笑みがこぼれた。
　矢野って、なんだかんだで優しいよね。

うん、出会いは最悪だったけど……。

今はその優しさに触れて、あたしの気持ちも矢野に向かうようになった。

あたしにとって大切な存在。

それは家族への愛と同じようで、それとはまた少しちがう。

恋を知らなかったあたしに、一途な想いと愛を教えてくれた人。

あたしもその気持ちに応えたいし、もっと矢野のことを知りたいって思う。

恋をすると、その人のためにもっとキレイになりたいって思う気持ち……今なら、少しわかる。

この髪型を、矢野は好きだって言ってくれた。

それでももっと、好きになってもらいたい。

女の子らしく見えるように、髪を少しだけ伸ばしてみようかな？

この計画は、もちろん矢野には秘密だけどね。

「せっかくだから、みんなで一緒に写真撮ろ～」

スマホ片手に矢野に声をかけると、笑顔で応えてくれる。

片腕を広げ、そこにあたしを招きいれる。

矢野の隣……そこにあたしの居場所があることが、すごく幸せ。

「あれ、矢野先輩とお姉ちゃん……どうしてそんなにくっついてるの？」

美琴が不思議そうにこっちを見ている。

「クリスマスだから、なんでもアリだろ。お前らもくっついとけ」

コウくんの肩を押し、美琴と肩がぶつかる。

照れながらも、めいっぱい笑顔になっているふたりがとってもまぶしい。

このふたりはまだ付き合ってないけど、きっとそれも時間の問題だね。

素直な気持ちで相手に寄りそう。

あたしと矢野も、これからはそういう関係でいられるといいな。

「はい、撮るよ～！」

自撮りだから、画面に全員入るよう４人で肩を寄せ合う。

全員が笑顔で写っているクリスマスのこの写真は、あたしにとって一生の宝物。

恋が始まった記念日の、思い出の写真。

これからもずっと、矢野と一緒にいられますように♡

END

あとがき

☆ afterword

こんにちは、acomaru（あこまる）です。
この度は、たくさんある中からこの本を手に取ってくださり、本当にありがとうございました。

イケメン風（?）矢野＆一途な優男・寿、どうでしたか？
美夜は黒王子と白王子に振りまわされっぱなしでしたね。
女子校が、突然共学になる！
もし本当にこんなことがあるなら、男子が苦手で女子校を選んだ女の子からしたら、ありえない事態。
こんな統合あるわけない！と自分でも思いながら、小説だからこそできる設定にしてみました。

サイトに載（の）せていたときは、その後のストーリーは読者様に委（ゆだ）ねる形で、白王子との恋の結末のところで終わらせていました。
その後、黒王子とのハッピーエンドを望む声が多く、書籍化にするにあたって、最後に矢野と美夜がどうなったかというところまで書くことになりました。
ラストは、書籍限定です！
納得いくラストになっていたでしょうか…!?

ふたりは今頃、ケンカしながらも結局、最後はいちゃついていることでしょう。

終始甘々な展開、というわけにはいきませんでしたが、たまに見せる矢野の言動に胸きゅんしていただけたとしたら、うれしいです。

小説を読むときって、空いた時間になんとなく、気分転換をしたいから、暇だから……みんな理由はいろいろだと思うんです。

それでも、「本を開けば矢野に会える！」、「このあと、美夜はどうなるの!?」など、ドキドキしながら読んでもらえたとしたら本望です。

書くのも楽しいですが、読者様の反応が私にとって一番の楽しみなので！

今回書籍化できたのも、読者様の応援があってこそです。

不完全燃焼な終わり方だったにもかかわらず、温かい目で見てくださり、本当にありがとうございました。

そして書籍化にあたり、携わってくださった全員の方に感謝の気持でいっぱいです。

サイトの方では新しいお話を書いているので、野いちごで読んだことがない方も、読みにきていただけるとうれしいです。

2017.1.25 acomaru

この物語はフィクションです。
実在の人物、団体等とは一切関係がありません。
物語の中に、法に反する事柄の記述がありますが、
このような行為を行ってはいけません。

acomaru先生への
ファンレターのあて先

〒104-0031
東京都中央区京橋1-3-1
八重洲口大栄ビル7F
スターツ出版（株）書籍編集部 気付
acomaru先生

俺をこんなに好きにさせて、どうしたいわけ？
2017年1月25日　初版第1刷発行

著　者　acomaru

発行人　松島滋

デザイン　カバー　金子歩未（hive&co.,ltd.）

フォーマット　黒門ビリー＆フラミンゴスタジオ

ＤＴＰ　朝日メディアインターナショナル株式会社

編　集　渡辺絵里奈

発行所　スターツ出版株式会社
〒104-0031 東京都中央区京橋1-3-1　八重洲口大栄ビル7F
TEL 販売部03-6202-0386（ご注文等に関するお問い合わせ）
http://starts-pub.jp/

印刷所　共同印刷株式会社
Printed in Japan

ISBN 978-4-8137-0198-9　C0193

ケータイ小説文庫　2017年1月発売

『クールな彼とルームシェア♡』　＊あいら＊・著

天然で男子が苦手な高1のつぼみは、母の再婚相手の家で暮らすことになるが、再婚相手の息子は学校の王子・舜だった!! クールだけど優しい舜に痴漢から守ってもらい、つぼみは舜に惹かれていくけど、人気者のコウタ先輩からも迫られて…？　大人気作家＊あいら＊が贈る、甘々同居ラブ!!

ISBN978-4-8137-0196-5
定価：本体 570 円＋税

ピンクレーベル

『彼と私の不完全なカンケイ』　柊乃(しゅうの)・著

高２の璃子は、クールでイケメンだけど遊び人の幼なじみ・尚仁のことなら大抵のことを知っている。でも、彼女がいるくせに一緒に帰ろうと言われたり、なにかと構ってくる理由がわからない。思わせぶりな尚仁の態度に、璃子振り回されて…？　素直になれないふたりの焦れきゅんラブ!!

ISBN978-4-8137-0197-2
定価：本体 570 円＋税

ピンクレーベル

『ずっと、キミが好きでした。』　miNato(ミナト)・著

中３のしずくと怜音は幼なじみ。怜音は過去の事故で左耳が聴こえないけれど、弱音を吐かずにがんばる彼に、しずくはずっと恋している。ある日、怜音から告白されて嬉しさに舞い上がるしずく。卒業式の日に返事をしようとしたら、涙ながらに「ごめん」と拒絶され、離れ離れになってしまい…。

ISBN978-4-8137-0200-9
定価：本体 590 円＋税

ブルーレーベル

『初恋ナミダ。』　和泉(いずみ)あや・著

遙は忙しい両親と入院中の妹を持つ普通の高校生。ある日転びそうなところを数学教師の椎名に助けてもらう。イケメンだが真面目でクールな先生の可愛い一面を知り、惹かれていく。ふたりの仲は近付くが、先生のファンから嫌がらせをうける遥。そして先生は、突然遥の前から姿を消してしまい…。

ISBN978-4-8137-0199-6
定価：本体 550 円＋税

ブルーレーベル

書店店頭にご希望の本がない場合は、
書店にてご注文いただけます。